NARRATORI DELLA FENICE

In copertina: Elliot Erwitt 1949 / Magnum Photos / Contrasto
Grafica: Laura Dal Maso / *the*World*of*DOT
Progetto grafico: *the*World*of*DOT

ISBN 978-88-235-3329-5

Gruppo editoriale Mauri Spagnol
www.guanda.it

LAURA FORTI
LA FIGLIA INUTILE

UGO GUANDA EDITORE

Non avere ricordi è come essere condannati a trascinarsi sempre dietro una cassa di cui non si conosce il contenuto. E più si diventa vecchi più la cassa sembra pesante e cresce la voglia di poterla finalmente aprire.

JUREK BECKER

I

UNA PROMESSA

Una tomba vuota

Io sono quella che spazza le foglie sopra una tomba vuota.

Un rampicante dispettoso a seconda delle stagioni produce una fitta pioggia di ramoscelli e infiorescenze, un disordine vegetale che mi ostino a combattere.

La tomba che percepisco vuota è di mia nonna Elena. Si trova lungo il muro del cimitero ebraico, in una zona destinata ai suicidi o ai casi ambigui come il suo: quelli che hanno voluto essere cremati. I precetti religiosi sono contrari a questa procedura; affermano con certezza che il giorno della resurrezione torneremo ad abitare i nostri corpi e ci ritroveremo tutti a far baldoria a Gerusalemme. Evidentemente lei non condivideva quest'ansia messianica.

Sotto la lapide non ci sono i suoi resti, c'è un'urna con le ceneri. A dire il vero non dovevano nemmeno stare lì, era previsto un lungo viaggio al termine del quale avrebbero incontrato le acque fredde della Mosella in Francia, il luogo della sua nascita. Poi a mia madre era sembrata una complicazione, un capriccio della defunta, costoso e soprattutto inutile. Tanto i morti non vedono e non sentono, figuriamoci avere desideri.

D'altra parte, l'idea di un vaso funebre solitario, senza

una lapide con inciso il nome dove poggiare perlomeno un sasso, pareva cosa brutta. Per non parlare di un'altra questione che sarebbe sfociata in un vero e proprio conflitto affettivo familiare: chi avrebbe avuto l'onere e l'onore di tenere il sacro reliquiario in salotto?

Così ecco trovato il compromesso risolutivo, il muro dei suicidi. Si è fatta una cerimonia posticcia, giusto una preghiera carbonara per un numero esiguo di presenti, recitata da un rabbino comprensivo, ed è stata chiusa lì, nel vero senso della parola.

Eppure non sono sicura che la nonna riposi davvero sotto la lastra di marmo su cui si accumulano le foglie dispettose che io continuo pazientemente a eliminare, stagione dopo stagione.

Ho la stessa sensazione di quando era viva: che non ci sia veramente. Che ci abbia ingannati. Che sotto si apra solo il vuoto, una voragine, un abisso.

Lei *era* quell'abisso.

L'abbiamo mai conosciuta? È mai esistita?

Con Elena ho avuto un rapporto forte, intensificato nell'adolescenza e nell'età matura quando sentivo il bisogno di avere accanto figure femminili di riferimento per confrontarmi, dato che mi interrogavo su che tipo di persona, di essere umano volessi diventare.

Era nata a Nancy. Allora era francese? No, i genitori, i Dresner, erano scappati dalla Russia Bianca, in seguito divenuta Polonia. Sì, e poi suo padre, venuto in Italia, era di nuovo fuggito in Cile nel '39 a causa delle leggi razziali portandosi dietro la famiglia al completo. Lei esclusa.

E allora perché mi parlava in spagnolo per leggermi una poesia del bisnonno Giulio? Mi cantava anche in yiddish la ninna nanna *Schluf mein kind* cullandosi sulla sedia a dondolo. Quando non discuteva in ebraico con i vari Nurit, Orna, Uri, Wendy, gli ospiti israeliani e americani a cui affittava una stanza del suo appartamento e dei quali ero follemente gelosa.

In questo girotondo di suoni e di accenti l'origine finiva per perdersi in una caotica, esuberante schizofrenia. Com'era possibile fare un gioco di rispecchiamento con lei, forgiare un'identità, se neppure Elena ne aveva una precisa? Non ero ancora in grado di comprendere la ricchezza di quelle molteplici radici che affondavano in tradizioni diverse, ero una bambina conservatrice a cui piaceva l'ordine, la coerenza.

La nonna invece era tutte quelle cose e nessuna.

Cerco di riunire immagini sparse per comporre qui un ritratto: la passione per il cucito e la fedele macchina Singer sempre attiva. I gatti di porcellana che collezionava in grandi teche di vetro. Gli *schnaps* con un dito di whisky che faceva ogni sera prima di dormire. Le canzoni in yiddish e la predilezione per Julio Iglesias insieme alle grandi voci della canzone francese (ma credo di aver scoperto a casa sua anche Herbert Pagani). Gli infantilismi, i terribili capricci e le inaspettate generosità.

E poi le bambole matrioska che mi divertivo a smontare e rimontare, esposte sulla libreria accanto a un enorme pesce piranha impagliato, proveniente dal Costa Rica.

Nello stesso scaffale, i libri dedicati allo spiritismo e quindi l'attrazione per il paranormale, per tutto quello che non era reale e noioso.

La cerimonia del tè alla russa, forte, lasciato a bollire nel samovar, e la lettura dei fondi del caffè turco nella tazzina rovesciata del leggiadro servizio cinese, sui cui bordi vedeva un futuro sempre aperto, fatto di uomini e di viaggi. Mi piaceva crederle mentre assaporavo l'aroma denso della bevanda e la osservavo ammirata scrutare le figure che disegnavano le prove evidenti di un avvenire luminoso, in cerca di interpretazione, come un'assorta maga metropolitana.

Devo anche a lei il mio rapporto *felice* con l'ebraismo. Sono nata in un matrimonio misto. Mia madre, dopo la guerra, impaurita da quanto era accaduto e desiderosa di metter su famiglia, aveva scelto una cauta assimilazione rinunciando a coltivare le sue radici, salvo poi decidere che dovevo riannodarle io, la minore dei figli. Sono stata l'unica dei miei fratelli a essere cresciuta da ebrea, anche se in casa non avevo occasione di vivere allo scoperto la religione, tanto meno di celebrarne le ricorrenze. Tutto avveniva in segreto. La mamma mi raccontava episodi della Bibbia, mi parlava dell'infanzia, dei suoi nonni paterni e materni, dei cugini morti ad Auschwitz; ma tutto veniva vissuto come una cosa clandestina e nascosta, che ci rendeva complici e alleate, spie paracadutate in territorio nemico. Il suo immaginario era rimasto bloccato al periodo del fascismo e vi gravava, come una nube sempre minacciosa, l'ombra delle persecuzioni e della Shoah. Nel 1949 si era stabilita per breve tempo in Israele, per poi tornare pochi mesi dopo e sposare un cattolico, con scandalo e rammarico del padre Alfredo. Da quel momento aveva rinnegato la se stessa di prima, come tanti che in situazioni simili, dopo quell'esperienza traumatica, avevano pensato solo a ricominciare, senza trascinarsi dietro un passato identitario ingombrante.

Poi ero venuta io. Ero una figlia-progetto, ricollegarla alla fonte era il compito che mi aveva affidato. Per questo motivo ero l'unica a frequentare la casa della nonna con una certa continuità. Mio fratello e le mie sorelle avevano l'altra nonna, Gilda, che faceva il presepe, leggeva *Famiglia Cristiana*, li portava in chiesa (fatica sprecata, dato che due su tre sono diventati buddisti).

Da Elena essere ebrei non era più un segreto. Teneva alle feste e le celebrava. Nel suo salotto ho conosciuto il lato spettacolare e allegro delle tradizioni, retaggio del caloroso spirito russo: le candele accese il venerdì sera in pacchiani candelieri comprati in un negozio per turisti a Gerusalemme, i cibi strani come il *gefilte fish* e il *borscht* fumante, l'oro lucido della menorah esibita con orgoglio, il significato della cena di Pesach, la condivisione dello shabbat o il rapporto con altri correligionari spesso anziani, anche loro emigrati dalla Polonia, ai quali mi presentava come la sua nipotina speciale, quella designata a essere leale al clan di provenienza.

Insomma, non era la classica, dolce vecchietta che ti porta ai giardini e regala le caramelle. I compagni me la invidiavano, mi chiedevano di poterla conoscere, quasi fosse il pezzo di una collezione da museo, un profumo raro ed esotico, introvabile nella nostra provinciale

Firenze. Ero orgogliosa di avere un legame di parentela esclusivo che ci accomunava, dato dal sangue e rafforzato da mia madre in un bizzarro club privato degli affetti. Credo di avere ereditato da lei la curiosità dell'avventura, l'arte di arrangiarmi e l'ansia di non appartenere mai a nessun luogo.

L'abbandono

Di sicuro quello che ho tracciato è un profilo della nonna molto romantico e lusinghiero, una lettura filtrata attraverso i miei occhi incantati di bambina. Ma temo che corrisponda a un personaggio folcloristico, idealizzato, più letterario che reale, e che la verità sia complessa. Già allora avevo la sensazione o forse il sospetto che sotto l'apparenza seducente di questa signora eccentrica dai ridenti occhi celesti e gli zigomi alti si nascondesse un inganno, che l'aspetto imponente da solida polacca celasse un'anima di vetro, un'inquietudine profonda, un'immensa solitudine.

Intanto, come poteva essere soltanto giuliva e spensierata l'esistenza di una donna che aveva conosciuto l'esilio e l'oppressione? Era come se la famiglia, a livello inconsapevole, si fosse accordata per tenere quegli aspetti drammatici lontani dall'immagine solare trasmessa ai nipoti. Erano fatti storicamente conosciuti, ma non discussi o ricordati. Andavano rimossi. Gli incidenti traumatizzanti, le morti, gli espatri non avevano importanza, non meritavano menzione perché *così è la vita*.

E poi c'era quell'episodio.

L'inizio della sua storia coincideva con un abbandono. Una parola spaventosa, un buco nero che ci impauriva, perché minacciava di inseguirci di generazione in generazione come un cane rabbioso, rischiando di inghiottire anche la nostra realtà. Sembrava inconcepibile che da piccola fosse stata lasciata a balia a Nancy, in Francia, mentre il resto della famiglia proseguiva la serie di spostamenti iniziata dopo la fuga dalla Russia per dirigersi in Italia, dove il bisnonno avrebbe fatto una rapida scalata sociale raggiungendo i vertici della direzione al Credito Italiano. Con i genitori, avevano continuato il viaggio Pauline, la maggiore, e Albert, il terzogenito.

Elena era stata ritenuta la componente sacrificabile, una figlia inutile. Scordata o perduta, era scomparsa, inghiottita in un periodo indistinto. Si sarebbe ricongiunta agli altri solo molto tempo dopo, a otto anni compiuti: a quel punto per lei i familiari erano degli estranei e i rapporti con madre e fratelli restarono più o meno formali, se non assenti, anche in seguito. Ormai l'imprinting, come si direbbe in psicologia, era stato dato.

Il fatto che la nonna fosse stata abbandonata non mi andava giù. Quando avevo provato a chiedere informazioni, a cercare di capire che cosa potesse aver fatto una bimba di tanto terribile per meritare questo rifiuto crudele, avevo ottenuto una spiegazione sbrigativa, una frase stupida che non rendeva giustizia a quel gesto, per me violento e sconsiderato: *erano altri tempi.* Si faceva così. Un messaggio che, tra le righe, poteva riguardarmi. Occhio che se fai troppe domande magari mollo anche te in uno sperduto paesino della Loira. I bambini valevano quanto il due di picche ed erano i genitori a dettare le regole, a prendere decisioni importanti. La mamma ci trasmetteva con disinvoltura il concetto che era meglio non interrogarsi, lasciare a dormire i misteri, accettare i fatti accaduti come un lascito sgradito che è impossibile rifiutare. Non elaborarli, non ribellarsi con una richiesta di spiegazioni impertinente.

Forse la nonna piangeva, disturbava troppo? Oppure intralciava il lavoro di sua madre Rosa che guadagnava facendo la sarta e doveva pensare all'ultimo nato? Noi nipoti eravamo arrivati a un'altra conclusione: preferivamo il feuilleton, l'ipotesi melodrammatica che fosse una figlia illegittima – una possibilità che mi aveva riempito di angoscia, soprattutto anni dopo, quando il tema della legittimità era entrato di prepotenza anche nella mia, di vita. Questa consonanza di destini mi inquietava, pareva una catena ineluttabile, una maledizione che io avevo trovato il coraggio di spezzare portando alla luce la verità con la scrittura.

Invece, proprio di recente, grazie a una gentile ed efficiente archivista francese, sono riuscita a recuperare il certificato di nascita originale all'anagrafe di Nancy. Scritto a mano, in calligrafia appuntita e quasi illeggibile, si comunica che:

> il 10 febbraio 1908 alle tre di pomeriggio, Jules Dresner, di anni ventiquattro, sarto, di nazionalità russa, abitante in rue de l'Équitation 66, ha presentato una neonata, nata il 9 febbraio alle quattro del mattino, chiamata Hélène, figlia del medesimo e di Rose Fiszlevitz, sua moglie.

L'atto viene firmato anche dall'ostetrica e da una donna di venticinque anni, Renée. Quella che poi sarebbe divenuta la sua famosa tata. Tutto regolare quindi, almeno nella formalità dei documenti.

La leggenda non era finita qui. Raccontava che Elena, in seguito, venisse prelevata di notte da un uomo, un signore che vestiva in modo elegante e portava una cravatta gialla, giunto per ricondurla a casa in Italia. La nonna sosteneva che fosse il sindaco di Milano. Addirittura! Avevamo pensato che si trattasse di una balla clamorosa; in effetti a volte rilasciava dichiarazioni alquanto pittoresche, come quando sosteneva che Giulio, amico di Lenin, fosse stato inviato in Europa a far proseliti da lui in persona. In realtà poi ho scoperto che non è una teoria così improbabile: non è affatto escluso che il bisnonno, che in Russia aveva preso parte a movimenti bolscevichi contro lo zar come tanti giovani ebrei dell'epoca, conoscesse il padre della Rivoluzione, probabilmente incontrato in Svizzera o in Francia durante l'esilio, e che i due fossero rimasti in contatto perlomeno epistolare. E scorrendo la lista dei sindaci milanesi su Wikipedia non ho potuto fare a meno di notare che esiste qualche possibile coincidenza. Filiberto Olgiati, commissario regio e prefettizio negli anni 1913-14, aveva sposato Marija Pavlovna Naryškina, consigliere della Società Colonia Russa. Il bisnonno ne avrà fatto parte? Oppure si trattava di colui che succedette a Olgiati, Angelo Filippetti, presidente della Federazione Esperantista Italiana, appassionato di quel linguaggio, viatico di pace e fratellanza universale, proprio come Giulio? Quanti *chissà*.

In ogni caso, chiunque fosse il signore estraneo inviato dai Dresner a recuperare la figliola, la nonna visse la partenza dalla Francia come un rapimento bello e buono, uno strappo reiterato che spesso, quando ne parlava, paragonava a uno stupro. Non solo aveva subito lo sradicamento dalla famiglia originaria che l'aveva abbandonata, ma veniva privata anche di quella adottiva che l'aveva custodita. Non perdonò mai il gesto brutale di portarla via all'improvviso da quel nucleo caldo e affettuoso e dalla balia, madre d'elezione. Il trauma della perdita l'aveva portata a magnificare il ricordo dei primi anni di vita, tanto che nella sua immaginazione il soggiorno a Nancy aveva assunto i tratti di un Eden perfetto. L'infanzia si riassumeva in un'unica icona: un'enorme siepe di lillà profumato («la serenella» come diceva lei) sotto la quale andava a giocare. Al riparo di questa pianta bagnata dalla luce del sole, tornava per un attimo ad abitare la sua casa interiore. Era la bambina sorridente che aveva conosciuto il tepore dell'accoglienza nel nido di estranei, che si era adattata, reinventandosi tenacemente un'appartenenza. Persa in quell'universo idealizzato e lontano, le affioravano alle labbra versi di canzoncine e rime di filastrocche. Per un istante era lì, tutt'uno con la sua fantasia, prima di immergersi nell'atroce nostalgia che l'aveva sempre pervasa, l'ansia per un altrove che non sapeva neppure lei dove fosse.

Arrivata a Milano, dove i genitori si erano stabiliti in un elegante appartamento borghese, si rifiutò di varcare la soglia e tirò dei sassi a quei due sconosciuti gridando: *vous n'êtes pas mes parents*. Poi fuggì in strada e andò a finire sotto una macchina, un incidente che le causò una frattura e le lasciò una brutta cicatrice sulla gamba.

Una frattura, appunto.

Qualcosa si ruppe. La sua infanzia si fermò come un orologio guasto a otto anni. Reagì alla separazione dalla donna che l'aveva allevata con amore rinchiudendosi in un mondo tutto suo, senza sentimenti o bisogni, nella bugia dell'autosufficienza, adeguandosi al modello di forza indomita che la sua famiglia di esuli le aveva inculcato.

Risultò essere un comodo guscio. Sentire tutto quel dolore l'avrebbe schiantata.

Il cerotto

Mi rendo conto che l'inquietudine, il fastidio che provo nei confronti dell'immagine stereotipata e grandiosa di Elena è solo una mia percezione, non condivisa dalle sorelle o dal fratello. Loro ricordano gli aspetti divertenti o comunque i particolari coloriti, si adeguano a quel ritratto furbo e confezionato ad arte, quella raffigurazione vitalistica che dovrebbe bastarci e soddisfare il nostro interesse. La maggiore cita gli inviti a pranzo, parla di una nonna espansiva e spiritosa con cui era piacevole chiacchierare. L'altra si ferma alla solita tiritera: il vulcano di energie, la persona forte che aveva attraversato le tragedie della storia uscendone indenne, una Dresner, come si affrettava a ripetere all'infinito la mamma, sperando che almeno uno di noi potesse portare avanti l'esempio, la tradizione gloriosa dei combattenti intrepidi e senza paura che avevano affrontato la dittatura dello zar, di Mussolini e poi di Pinochet in Cile.

Magari era considerata *superficiale, senza testa, svagata, mezza matta*. O *egoista*, perché secondo il perbenismo vigente era una donna fuori dagli schemi, che abitava da sola e aveva scelto di essere indipendente da un marito.

Ma di lei si ricordava e magnificava soprattutto la leggerezza.

Come avrebbe potuto altrimenti, durante l'occupazione nazista, viaggiare su un vagone di soldati tedeschi senza documenti fingendo di essere svizzera e parlando yiddish? O lasciare che mia madre quindicenne facesse la staffetta partigiana, armata di pistola, e si addentrasse di notte da sola nella macchia maremmana per portare i messaggi di Radio Londra?

Ci voleva coraggio o piuttosto una buona dose di incoscienza. Era stata proprio quella avventatezza a permettere alle figlie nascoste di metabolizzare la paura dei fascisti, l'ansia di essere scoperte. Aveva insegnato loro a reagire, a non sentirsi vittime impotenti. La domenica le vestiva a festa e le portava nella piazza principale del paese dove si erano rifugiate lasciando Firenze, la città in cui la nonna era andata a vivere dopo il matrimonio. Faceva finta che fossero lontane cugine del camionista che le nascondeva: sfollate in campagna, non creature perseguitate che dovevano limitarsi a sparire nel buio deprimente di una stanza segreta.

Ricamava una testa di tigre sulla bandiera dei partigiani in cambio di due bottiglie d'olio, faceva golfini a maglia per i neonati locali e flirtava con un bel capitano inglese, dal cui paracadute aveva rimediato un paio d'abiti di seta frusciante.

Coltivava l'autostima nelle due ragazzine, non per innato istinto materno o perché avesse deciso intenzionalmente di proteggerle, ma perché le veniva naturale prendere tutto come un'avventura di sopravvivenza. Portavano scarpe scalcagnate, dono di soldati in fuga dopo l'annuncio dell'armistizio? Mangiavano l'erba dei campi con l'aceto? Erano state abbandonate da Alfredo che aveva preferito seguire la madre anziana anziché la propria famiglia? Avevano dovuto lasciare la scuola, gli averi, i documenti, il denaro? *Be', così è la vita.* Perfino non avere più niente da perdere può far sentire liberi.

Erano o non erano anche loro delle Dresner?

In questo Elena era geniale, imbattibile: aveva imparato a cavarsela nelle occasioni più tremende limitando i danni, come tutti i resilienti. E a trent'anni la gioventù l'aiutava. Questa sua attitudine positiva mi ha insegnato, a posteriori, che molto del nostro stare al mondo dipende dal modo in cui affrontiamo le cose. Che ricostruire è questione di abitudine, di prospettiva: si può vivere drammatizzando oppure trovando colori inattesi anche nella tragedia, facendo tesoro di piccoli gesti di speranza, cogliendo al volo la buona sorte.

Eppure in lei c'era un lato oscuro, una stonatura, e io la percepivo. Fin da piccola non soccombevo del tutto al suo fascino, non appartenevo alle schiere degli ammiratori incondizionati, vittime del carisma straniero. Non me la bevevo. Qualcosa mi sfuggiva, interferiva. Era una sensazione ambigua, una contraddizione intuita, sfiorata, più che una certezza.

Era come se la nonna avesse una ferita coperta da un cerotto, solo che nessuno ci faceva caso. Io invece non riuscivo a distogliere lo sguardo dal cerotto. Cosa sarebbe accaduto a toglierlo? Cosa si nascondeva sotto, quali cicatrici? Forse quell'abisso che sembrava sempre pronto a risucchiare, ad aspirare tutto in un vortice minaccioso, nonostante il clima di festa e di allegria?

Annaspavo davanti al mistero, non riuscendo a decifrarlo.

Il giallo

Una cosa che mi turbava molto era la sua avversione al giallo. La nonna soffriva di quella che oggi viene definita con termine ampolloso xantofobia. Non era solo una questione di gusti ma una vera e propria nevrosi. Non poteva essere circondata da oggetti di quel colore, che veniva proibito anche a noi nipoti quando andavamo a trovarla: guai a indossare una maglietta, un capo di abbigliamento con la tinta incriminata o addirittura a pronunciare quella parola. *Gialla* era la cravatta dell'uomo che l'aveva portata via alla sua balia, ci spiegava improvvisandosi psicologa freudiana esperta, in vena di autodiagnosi. A volte però l'avversione sfociava in stati d'allucinazione allarmanti, in crisi isteriche. Riappariva nei sogni, negli incubi. Ricordo che certe notti in cui restavo a dormire da lei si svegliava di soprassalto e vagava per casa come un fantasma ripetendo parole senza senso, che sembravano lamenti e venivano da lontano, rivolgendosi a un interlocutore invisibile. La donna forte si trasformava di colpo in una bambina tremante. Cambiava fisicità e fuggiva in un altro luogo mentale, modificava perfino la voce, diventata pigolio lamentoso.

«Torna a letto» mi diceva quando mi vedeva sbucare

in pigiama assonnata in corridoio, «non è niente, ho sognato di nuovo il giallo»; e di spalle in cucina iniziava a preparare il suo tè russo.

Secondo la psicoanalista Alice Miller l'inconscio di ogni essere umano coincide con la sua storia, che è interamente depositata all'interno del corpo, ma rimane accessibile alla coscienza soltanto per piccoli frammenti. La xantofobia era un'emozione corporea: come chi ha paura del temporale si rannicchia, si fa piccolo e si nasconde sotto il letto, la nonna si trasformava in sonnambula, fuggendo da qualcosa o qualcuno. Non era solo un delirio, era una specie di messinscena simbolica e inconscia. Come se quel colore assorbisse tutte le ferite della vita, non soltanto quella dell'infanzia – e forse non soltanto le proprie ma le ferite dei suoi parenti prima di lei – e le consentisse una valvola di sfogo. Il dolore, la paura non potevano essere nominati? Ecco che appariva la metafora del giallo a permettere una via d'uscita.

Aveva visto il giallo anche quando era tornata a prendere delle cose adatte all'inverno nella casa fiorentina confiscata, dopo che era dovuta scappare rapidamente con le figlie a causa dell'entrata dei tedeschi in città, in seguito all'8 settembre 1943. Nella fuga aveva messo in valigia pochi indumenti estivi e il freddo e l'umidità dell'autunno in Maremma cominciavano a farsi sentire. L'appartamento si trovava in via Benedetto Varchi, la stessa strada dove, a pochi numeri di distanza, aveva sede la terribile banda di Mario Carità, i fascisti cittadini che rastrellavano le case, consegnavano gli ebrei e torturavano i dissidenti politici. Aveva lasciato un amico a fare la guardia ed era salita di corsa su per le scale. Sulla porta aveva trovato un cartello intimidatorio: VIETATO ENTRARE, PENA LA FUCILAZIONE. Le si era aperto davanti uno scenario tragico. Mobili distrutti, lampadari fracassati, divani squarciati, porcellana frantumata, scritte offensive sui muri. All'improvviso era suonato il campanello, il segnale convenuto per il pericolo, ma lei anziché precipitarsi fuori come avrebbe dovuto era svenuta. *Aveva visto il giallo*. Quando era tornata in sé aveva raccolto alla rinfusa oggetti totalmente inutili: bambole, il libro di Peter Pan di mia madre, dei piumini per spolverare, e in trance era andata alla stazione ferroviaria. Non aveva documenti. Dei soldati della Wehrmacht diretti al Sud, vedendo una bella ragazza – alta, bionda e con gli occhi azzurri – avevano attaccato discorso e lei, come raccontava la leggenda familiare, aveva risposto in uno yiddish che per fortuna era passato per dialetto svizzero tedesco. Avevano viaggiato insieme fino a Grosseto ed era anche riuscita a godere della loro protezione, dato che non aveva subito alcun controllo da parte della polizia. La mamma aveva sempre citato l'episodio con orgoglio, come esempio di strategia e di astuzia, lodando la prontezza di riflessi, il coraggio in stile Dresner: l'eroina del racconto era riuscita a farsi beffa degli ufficiali, dei poveri idioti, che avevano perfino regalato la cioccolata *alla bella fräulein*. Li aveva fregati parlando la lingua del popolo che i nazisti si apprestavano ad annientare. Ma ripensandoci adesso, la scena mi fa un'impressione diversa. Mi viene da associare lo yiddish riemerso dal passato e tornato all'improvviso alle labbra a uno stato d'animo confuso, a un fenomeno di dissociazione più che a una volontà razionale. La nonna non sapeva dove si trovava né chi fosse veramente, come quando vagava di notte in corridoio, spettro senza pace. Chissà se la vista dell'abitazione distrutta non avesse risvegliato altri traumi vissuti dai familiari in Russia, tra pogrom e razzie varie, di cui magari aveva carpito notizie sparse, e che si erano depositati nell'inconscio come cadaveri mal sepolti?

Una seconda cosa che mi sconvolgeva era la duplicità di comportamento. Poteva essere la persona più amabile della terra o trasformarsi in una gelida avversaria. Era un meccanismo abbastanza frequente nei suoi rapporti con gli affittuari. Non era una padrona di casa invadente o la solita anziana lagnosa pronta a lamentarsi dei malanni. Al contrario, concedeva spazio, rispettava la privacy. Di solito proponeva un tè nel pomeriggio per fare conversazione. Questa cerimonia creava inevitabilmente un legame con i ragazzi stranieri, che essendo lontani dalle loro famiglie trovavano in lei un'ascoltatrice disponibile a cui magari confidare problemi personali, pene d'amore, successi e insuccessi lavorativi, desideri e speranze. Elena si esibiva nel suo consueto show della veggente: interpretava i fondi di caffè sui bordi della tazzina, leggeva la mano o le carte. Ciascuno alla fine del soggiorno regalava un gattino di porcellana a *mammina*, come desiderava essere chiamata, per ringraziarla dell'accoglienza. Ecco perché nelle teche di vetro c'erano centinaia di statuine, tante quante le persone passate nel suo appartamento. Questi studenti fuori sede avevano per lei un attaccamento genuino e sincero. Quando se ne andavano le scrivevano, le telefonavano, molti tornavano a farle visita. Talvolta però accadeva che qualcuno disertasse la cerimonia del tè pomeridiano, perché magari preferiva uscire con gli amici, o voleva mantenere le distanze. Ecco, in quel caso Elena mostrava l'altra faccia. Il risentimento la faceva diventare crudele. Rendeva il soggiorno insopportabile, esasperava la tensione con tanti piccoli dispetti finché il malcapitato o la malcapitata non erano costretti a levare le tende. Nei rapporti aveva sempre bisogno di una restituzione, altrimenti scattava in lei il vecchio trauma del rifiuto e dell'abbandono.

Io avevo capito che per non attirare guai o irritazione dovevo essere una brava nipotina ebrea, una degna discendente che potesse ammettere con orgoglio nel suo albero genealogico. Facevo quello che mi riusciva meglio, ciò che avevo già sperimentato con mia madre: mi offrivo come contenitore vuoto, ascoltavo la memoria cercando di trovarci un senso. Travasavo in me il passato e le restituivo ricordi. Essendo piuttosto intuitiva andavo a scovare i punti nevralgici, i sentimenti proibiti di cui nessuno voleva occuparsi. Così sono venuta a sapere del fratellino nato morto durante la fuga dalla Russia, del cugino Chaim Tobias, cresciuto con lei a Nancy, di cui era innamorata. Ho potuto leggere le poesie in spagnolo scritte in Cile dal bisnonno, conoscere dettagli privati e informazioni intime che gli altri familiari ancora oggi ignorano.

In cambio lei mi garantiva una generosa protezione quando scappavo di casa in seguito alle furiose litigate con Mauro, il marito di mia madre. Sapevo che l'appartamento di Elena era un porto franco, un luogo sicuro dove lui non si sarebbe azzardato a entrare, come del resto a lei era vietato l'accesso alla nostra abitazione, per un tacito accordo che veniva definito «incompatibilità di carattere» tra suocera e genero.

Ma più che una nipote accolta mi sentivo spesso un'ospite, proprio come i suoi inquilini. Non riuscivo a percepire altro che un solidale accudimento, che comunque non era poca cosa dato il clima di totale insicurezza e ostilità in cui vivevo. Lei proseguiva la sua vita indipendentemente da me. Potevo esserci o non esserci. Con i bambini si faceva così. Anche adesso vorrei avvertire la sua presenza tutelare, farne una specie di voce interiore o sentire un angelo custode appollaiato sulla spalla che mi sfiora con ali benevolenti, che mi autorizza e sostiene nella scrittura; e invece percepisco una lontananza, addirittura una sensazione scostante di distacco. Talvolta perfino sentimenti negativi, una specie di malessere nella profondità delle budella.

Qui però dovrei aprire una parentesi e spiegare perché chiamo Mauro «il marito di mia madre».

Nel mio rapporto con la nonna, infatti, c'è un prima e un dopo.

Il segreto

La separazione tra questi due momenti è data da un evento che è stato il detonatore di una bomba esplosa a un certo punto della mia vita: la scoperta di un segreto familiare che mi riguardava. Ne ho già accennato e ne ho parlato altrove, per cui dirò soltanto lo stretto necessario, quanto serve per la vicenda che sto raccontando.

Mia madre poco prima di morire ha dato conferma a ciò che avevo sempre sospettato: sono una figlia illegittima, concepita con colui che è stato il suo primo fidanzato, conosciuto nel periodo della guerra, quando si nascosero nel paesino del grossetano, e incontrato di nuovo anni dopo. Lei e il mio padre biologico si erano ritrovati alla fine degli anni Cinquanta, erano scappati insieme per un mese nel giugno 1965, poi lei non aveva avuto il coraggio di lasciare gli altri figli ed era tornata al matrimonio ufficiale. La fuga era stata motivata come momentaneo esaurimento nervoso, una definizione generica, allora adattabile ai guai femminili di vario tipo. Dopo nove mesi esatti ero nata io, frutto del peccato mai ammesso. Ovviamente la mia venuta al mondo era stata accolta con perplessità e diffidenza. Mauro, pur non ammettendo apertamente l'infedeltà per non infrangere la rispettabilità borghese, non mi ha mai considerato sua figlia e questo ha causato un rapporto problematico tra di noi che ha funestato la mia infanzia, dato che lui accompagnava la non accettazione con una buona dose di violenza verbale e fisica.

Mia madre e Ghigo, così chiamerò l'altro padre, avevano continuato a vedersi, saltuariamente, telefonandosi tutti i giorni. Lui era molto innamorato e desiderava che la mamma lasciasse il coniuge manesco per ricostituire una famiglia insieme. Lei prendeva tempo, con la scusa che una moglie adultera non poteva abbandonare il tetto coniugale. Quando però dopo il referendum sul divorzio non cambiò niente, il poveretto si rese conto che non c'erano speranze. Morì all'improvviso d'infarto, nel 1987. Quello che si chiama un cuore spezzato. All'epoca avevo vent'anni ma l'ho saputo solo nel 2009, quando ho avuto la conferma ufficiale alle mie supposizioni. Mia madre se n'è andata pochi mesi dopo la rivelazione, così non ho ricevuto altri dettagli fondamentali che mi avrebbero permesso di farmi un quadro più completo. Dopo averne parlato, ha mollato la presa: la sua salute è peggiorata e io non ho avuto la prontezza o il coraggio di riaprire l'argomento prima che fosse troppo tardi.

Questa rivelazione mi ha procurato lo stesso shock che prova Jim Carrey quando scopre di essere il protagonista involontario di una trasmissione chiamata *The Truman Show*. Quindi la mia vita era stata tutta una finzione? Ho dovuto rileggere il passato retroattivamente, cercare di dipanare le complesse relazioni familiari che mi riguardavano.

Il punto è che la nonna era al corrente di tutti i retroscena, anzi, collaborava e custodiva la tresca. I due amanti si incontravano da lei e inserivano perfino messaggi romantici all'interno dei gatti di porcellana per comunicare tra di loro senza farsi scoprire. In uno ho trovato non un biglietto d'amore, ma purtroppo solo un foglio da mille lire.

Sono sicura di aver conosciuto Ghigo nel salotto di Elena, presentato come un caro amico di passaggio, e sono altrettanto certa che la nonna facesse pressioni sulla mamma perché mi rivelasse la verità. Perché non dirmi come stavano le cose, dato che la mia relazione con Mauro era un inferno e dall'altra parte c'era invece, nascosto nell'ombra, un uomo che non desiderava altro che essermi genitore? Perché raggirarmi, con la scusa di volermi proteggere, di agire per il mio bene?

Ma mia madre aveva messo un divieto categorico. Così il mio padre biologico è morto senza che ci potessimo abbracciare e riconoscere.

La nonna era quindi complice di una bugia che mi riguardava, aveva accettato un vincolo omertoso, stretto un patto sulfureo con il diavolo. Avrebbe potuto dirmelo e basta, magari quando avessi raggiunto la maggiore età, disobbedire a quella regola imposta e permettermi di scegliere. Ma aveva taciuto, e ripensando ai fatti mi sono sentita tradita. Sono arrivata a pensare che, visto che il ramo della famiglia di Mauro mi rifiutava (era il segreto di Pulcinella, lo sapevano tutti i parenti tranne la sottoscritta), la mamma mi portasse da Elena per darmi la sensazione fittizia di avere anch'io qualcuno di speciale nella mia vita, una recita per placarmi, per manipolarmi e non farmi sentire ripudiata. O che forse non sapesse che farsene di me, che la mia presenza rendesse il quotidiano difficile, turbasse la quiete domestica e ogni tanto fosse meglio scaricarmi altrove, come un pacco arrivato all'indirizzo sbagliato.

Una piccola grande amica

All'inizio credo che la nonna non desiderasse affatto avermi tra i piedi, le ero stata imposta, passata come una patata bollente. Magari avrebbe preferito che mia madre, se proprio doveva tradire il marito, lo avesse fatto con un correligionario, non con un semplice impiegato di provincia, come se non bastasse cristiano: l'energico Ariè della Brigata ebraica, l'israeliano per il quale aveva fatto *aliah*, era emigrata in Israele nel 1949, o l'aitante ufficiale americano Roy, altro amore giovanile conosciuto nel dopoguerra.

Invece si era ritrovata con una nipotina bastarda, nata da un adulterio «misto» con un altro *goy*, per giunta bruttino.

In più io avevo un carattere schivo e silenzioso; una zittoide, una specie di Harpo Marx senza parrucca. Ero riservata, abituata a non occupare spazio e a bastarmi. Essere sola significava costruire vicende e luoghi immaginari che riempivo di persone, alcune inventate, altre scelte dalla vita reale. Non facevo colore, ero un soprammobile: il mio ebraismo era all'acqua di rose e per mia nonna non risultavo così interessante da esibire in pubblico. Era più gratificante la compagnia delle varie ragazze israeliane che la riportavano all'infanzia recitando le *berakhot*, le canzoni e le preghiere giuste che io ignoravo.

Per me, però, a differenza dei miei fratelli, era stata fatta una scelta di campo determinante: almeno sul piano formale io *ero ebrea*. E questo a poco a poco aveva riacceso il suo interesse, se non altro da un punto di vista intellettuale. Finalmente poteva avere anche lei una protetta a cui trasmettere valori, degna della sua stirpe. In più il mio aspetto fisico mi aiutava, avendo un viso leggermente russo, gli zigomi alti e gli occhi azzurri. Le assomigliavo.

Poteva dresnerizzarmi.

Un'altra cosa a posteriori mi ha infastidito: la progressiva consapevolezza che la nonna sia stata uno dei motivi determinanti nella rinuncia di mia madre a vivere in Israele. Andarci nel 1949 non faceva per tutti, significava trovare una nazione difficile, in lotta, dove la vita era ancora aspra e primitiva. Un conto era recarvisi spinti dall'entusiasmo dei diciotto anni, un altro passati i quaranta, che allora corrispondevano alla mezza età. Elena, appena separata dal marito, sarebbe rimasta in Italia da sola con Wanda, la figlia minore, ritenuta gracile e incapace di prendersi cura attiva di chiunque. Così mia mamma, per quel vuoto affettivo che aveva nel cuore e la speranza di riempirlo con un matrimonio affrettato, decise di mettere da parte il suo volo di libertà. Chissà dove l'avrebbe portata, come si sarebbe trasformato il suo destino.

La nonna considerava le figlie oggetti di sua proprietà e chiedeva loro obbedienza assoluta, cercando di ritrovare la protezione che non aveva ricevuto dai familiari. E anche noi nipoti eravamo le sue bambole umane. A volte avevo l'impressione che venissimo portate a farle visita per movimentarle il pomeriggio, come si consegna un obolo in sacrificio a una divinità esigente e capricciosa. Servivamo da distrazione, al pari di un cagnolino.

Durante l'infanzia e l'adolescenza non ho mai posseduto vestiti comprati in negozio, solo indumenti fatti su misura da lei, che amava cucire. Aveva organizzato addirittura nel soggiorno un laboratorio di sartoria, con delle lavoranti assunte. Individuavamo un modello e lei realizzava la giacca, la camicia, il gilè o quant'altro con la stoffa che sceglievamo. Era davvero brava, ma per me non era il massimo non poter acquistare capi alla moda, accontentarmi di quelle produzioni artigianali, di sicuro perfette, ma non particolarmente allettanti per l'adolescente che ero, desiderosa di far parte di un branco, di portare i segni distintivi del gruppo, come le magliette Lacoste, le minigonne con i camperos, i jeans Levi's attillati che esibivano gli invidiati compagni di classe. A casa nostra niente andava sprecato, vigeva la regola del riciclo. Ricordo che la mamma, quando i maglioni o i pantaloni diventavano lisi, cuciva toppe provvidenziali su gomiti e ginocchi.

Lei riparava gli strappi.

Elena no, era un'artista. *Creava.*

Una delle mie sorelle, fingendo che fosse un suo autentico desiderio, fu costretta addirittura a farsi confezionare l'abito da sposa: non si è mai lamentata, per non dare un dispiacere, ma non so quanto ne sia stata felice. Il modello era stupendo, però non l'aveva scelto lei in un negozio con le amiche, com'è divertente fare in vista delle nozze.

Nel mio caso poi subentrava un ruolo ulteriore. Come Cappuccetto Rosso, venivo mandata a portare un cestino di viveri alla nonna bisognosa (nella favola si sottovaluta con quanta violenza la povera bimba viene costretta ad avventurarsi nel bosco pieno di lupi quando avrebbe preferito starsene nella sua stanza a giocare tranquilla e al calduccio). Quel cestino conteneva comprensione e assistenza. Proprio come nella fiaba di Perrault, Elena era la vittima, mia madre il cacciatore-salvatore e io, l'ingenua Cappuccetto, la sua assistente magica. I ruoli vittima-carnefice erano comunque labili e venivano scambiati continuamente in questo triangolo un po' perverso, come nel caso dell'ultimo desiderio delle ceneri. Mia mamma aveva dovuto accollarsi capricci e bisogni della madre tutta la vita, e adesso che se n'era andata aveva messo quel limite, all'apparenza sadico: ora basta.

Elena era una richiesta di attenzioni continua, estenuante, e lei, il genitore vicario, doveva essere sempre pronta ad assecondarla. Quando non ne poteva più, aveva da fare o non aveva energia sufficiente, ecco che venivo spedita nella foresta urbana per la mia missione di salvataggio emotivo. E non posso dire che non fosse piacevole, se mi trattenevo a cena, sbafarsi un delizioso filetto mignon cotto nel burro in stile francese, alla faccia della *kasherùt* che proibisce di mischiare carne e latticini, o il pollo al miele *all'israeliana*, meno godurioso ma divertente da mangiare proprio in virtù del nome esotico.

Tra noi non c'era molta comunicazione verbale, casomai una comprensione inconscia. Tutte e due intuivamo la sofferenza dell'altra e questo poteva portare a una perfetta sintonia oppure a una improvvisa diffidenza. Come una radio che a volte trova la giusta frequenza d'onda e a volte no. Stare con la nonna voleva dire entrare a far parte di una catena di energia, qualcosa mi collegava a livello profondo a un mondo invisibile abitato dai parenti scomparsi, venuti da paesi lontani: *il mondo delle cose di cui non bisognava parlare*. Ogni tanto facevo domande per curiosità ma anche per aiutarla a rimettere ordine, per farle capire che non era l'unica ad aggirarsi in quel territorio segnato dall'assenza, dove ci si sentiva spesso soli. Ero convinta che se avessi fatto il mio dovere, se fossi stata leale alla tribù dei Dresner, sarei stata amata, finalmente accettata da qualcuno, avrei trovato anch'io la mia vera famiglia e un'appartenenza, come il brutto anatroccolo. In questo senso ero una professionista consumata nell'arte dell'adattamento, avevo sviluppato lo stesso metodo ruffiano con mia madre: sapevo essere una buona ascoltatrice, un grande orecchio sempre disponibile alle sventure altrui. Non ritenendomi degna di interesse e meritevole di affetto per ciò che ero, una semplice creatura incasinata di certo non per sua volontà, pensavo che fosse necessario guadagnare una promozione speciale sul campo della cura dei sentimenti.

Ero diventata precocemente una persona con cui potersi confidare, una *piccola grande amica* come la nonna mi aveva scritto sul retro della fotografia che mi aveva dedicato per i diciotto anni. Solo che non ero un'adulta, ero una ragazzina con una situazione familiare già abbastanza difficile, e quell'investimento emotivo, anche se in realtà poco veniva detto e molto intuito, era indirettamente stressante. Io soffrivo per quelle sue ferite nascoste che rimbalzavano sulle mie: per il bambino nato morto, per l'abbandono a Nancy, per la guerra, per l'esilio forzato del bisnonno in Cile, per il cugino Pepo, nipote di Pauline, che aveva vissuto la dittatura di Pinochet ed era stato ucciso dalla polizia. Era difficile sbarazzarmi dell'angoscia che veniva da quelle morti, del senso di ingiustizia che mi si imprimeva nel corpo. Chissà, forse – ma non ne sono sicura – avrei preferito essere normale. Essere viziata e coccolata. Mangiarmi il filetto, guardare i cartoni animati e tornarmene a casa, magari con un ovetto kinder in regalo nella tasca.

Mia mamma e la nonna non si ponevano neanche il problema che avessi delle esigenze specifiche o dei desideri infantili, dato che a loro volta erano state bambine trascurate, non ascoltate e non viste dai rispettivi genitori. E poi nella famiglia Dresner vigeva il valore che i sentimenti propri e altrui fossero un lusso non necessario. Accessori fastidiosi, di cui sbarazzarsi alla svelta come zavorre che avrebbero appesantito il loro zaino di esuli. Erano abituati a passare sopra le cicatrici e le richieste dell'anima. Quando mia madre, in quarta elementare, era stata espulsa da scuola in quanto ebrea, Elena non si era fatta scrupolo a trasformare la bella mantellina nera da piccola italiana, di cui la figlia era fiera, in un tailleur elegante a suo uso personale. La stoffa era buona, un'ottima lana, perché sprecarla? La mamma raccontava questo fatto come se fosse un aneddoto buffo, sottolineando la creatività estrosa della nonna, e tutti ridevano. Io invece mi chiedevo come si fosse sentita quella ragazzina di nove anni nel vedere svilito il simbolo patriottico di appartenenza al fascismo e all'italianità, quel sogno di integrazione serena che le era stato strappato ed era diventato un completo per signora.

Ma *a quell'epoca si faceva così*. La fragilità, le necessità del cuore non facevano parte del bagaglio concesso nel cammino incerto della sopravvivenza. Si dava la precedenza alle *cose pratiche*. Il resto veniva abbandonato lungo la strada e immediatamente dimenticato.

Era ritenuto *inutile*.

L'anello

C'è stato un altro episodio doloroso, anzi atroce, il cui ricordo non mi abbandona mentre scrivo. È difficile parlarne perché mi riapre ferite che credevo cicatrizzate e perché è la dimostrazione di un'assoluta mancanza di sensibilità della mia famiglia, passata di generazione in generazione, come se fosse un valore irrinunciabile alla salvaguardia della specie. Ormai sono venuta a patti con questo fardello scomodo, ma è un argomento sempre spinoso da affrontare.

Il fatto riguarda mio fratello e ho la sua approvazione a scriverne. In un certo senso anche lui era un figlio inutile. Io ero il progetto ebraico di mia madre. La maggiore era colei che si era laureata per prima, che doveva portare lustro e avere successo all'esterno. La sorella di mezzo era quella buona, affidabile, a cui ricorrere nei momenti di bisogno e quindi funzionale. Mio fratello era emotivo, una dote che un maschio non doveva possedere, peggio, una qualità imperdonabile, perché non sufficientemente virile. Non ricopriva alcun ruolo preciso, sfuggiva al controllo, non apportava orgoglio o prestigio. Non accettava le regole imposte, non si adattava alla finzione, diceva la verità mettendo in crisi i già precari equilibri interni.

Per questo motivo venne ritenuto il capro espiatorio di una serie di tensioni e spedito più volte fin da bambino in vari ospedali psichiatrici, dove la sua presunta depressione fu curata con un procedimento allora assai in voga, l'elettroshock. Ma è una storia che racconterà lui, quando e se vorrà, e che in parte ha già elaborato in bellissime poesie.

La sua vita è stata segnata da un'ulteriore sventura, la morte in giovane età della moglie, madre di suo figlio, in seguito a un male che adesso viene gestito con farmaci che permettono una lunga sopravvivenza, ma che all'epoca era fatale. Mio fratello aveva chiesto di poter riporre i gioielli della compagna – degli orecchini, l'anello che le aveva sfilato dal dito poco prima di chiudere la bara – nella cassaforte dei genitori, perché fossero al sicuro. Solo che un giorno aveva domandato di poterli riprendere e mia madre gli aveva detto, papale papale, che non c'erano più. Alla richiesta di una spiegazione plausibile, lei aveva pensato bene di ricorrere al solito stratagemma teatrale, che in genere funzionava e la toglieva dagli impicci: il finto svenimento. Quando mio fratello aveva minacciato di chiamare i carabinieri, la mamma era prontamente rinvenuta e aveva confessato: i gioielli si trovavano dalla nonna, che li aveva venduti. Così lui si era recato a casa di Elena e, dopo averla messa alle strette, aveva saputo che erano stati portati in un negozio del vicinato, uno di quelli che acquistano l'oro. Usando sempre l'argomentazione vincente di chiamare la polizia, aveva ottenuto che il gioielliere, all'inizio riluttante, tirasse fuori da sotto il banco gli orecchini. L'anello nuziale, mandato in Israele, venne recuperato in un secondo tempo. Davanti alle domande incalzanti sul perché di un'azione tanto vergognosa e cattiva, mia madre buttò lì una frase a effetto. Che la sua vita era piena di segreti e lui non poteva capire. Non ha mai precisato quali fossero. Segreti che si è portata nella tomba, salvo rivelarmene uno che mi riguardava, in modo parziale, ambiguo e carente di dati.

Per anni mi sono tormentata chiedendomi come mai queste due donne avessero agito così. Ho pensato a debiti, ho supposto che fossero vittime di un'estorsione. Qualcuno era venuto a conoscenza dell'adulterio, aveva le prove tangibili e le ricattava? Ero io il motivo di quel gesto orribile? Con il tempo però ho abbandonato queste piste persecutorie e romanzesche e mi sono arresa all'evidenza più banale. Non so quale sia stata la ragione, se fossero insorte *cose pratiche* di cui rimarremo all'oscuro o se si fosse solo prospettata l'occasione ghiotta di ricavare dei soldi da quel bottino, consegnato da mio fratello in un momento di fragilità e fiducia. Se ne avessero approfittato e basta, senza una causa particolare. Perché erano delle cleptomani e ricavavano eccitazione dalla tensione, accompagnata da piacere e gratificazione in seguito al furto. Perché per loro era normale e non avevano pensato neanche per un attimo al dolore che potevano procurare.

Erano totalmente amorali senza rendersene conto, anzi. Nutrivano un'altissima opinione del loro operato, o almeno, da brave narcisiste, si convincevano di essere nel giusto, senza mettersi in discussione.

In realtà, brancolavano nella confusione e nell'autoinganno.

Ed è questo il ricordo che hanno lasciato e davanti al quale soffro e mi blocco sempre, non riuscendo a trovare parole per descriverlo.

Apparenza.

Ecco perché, mentre inizio a scrivere questa storia, ho la sensazione che la tomba di mia nonna sia vuota, che nonostante la presenza dell'urna non ci sia nessuno. Perché ho conosciuto soprattutto un'immagine costruita, artificiosa e distante, una maschera epurata dal sentire. Non riesco a provare un legame, a percepire la consistenza di un corpo fisico. Mi scontro con una rappresentazione astratta e lontana, in parte incomprensibile. Tanti lati del carattere restano enigmatici, avverto il limite frustrante di non essere riuscita a capirla in pieno, di non aver potuto far parte del suo mondo interiore, di non aver fatto le domande giuste quando era viva.

Memoria storica, immaginaria, personale

A volte, scherzando, gli amici mi prendono in giro per la mia passione per la genealogia; qualcuno sente il bisogno di fare un commento velenoso, di appiccicarmi un'etichetta e catalogarmi come «quella delle storie familiari». Mio fratello ride, dice che Sherlock Holmes mi fa un baffo, e le sorelle sono ormai rassegnate a vedermi tornare alla carica con nuove questioni. Alzano gli occhi al cielo e accettano che le riconduca di tanto in tanto sul viale scalcinato dei ricordi, dove si guarderebbero bene dal tornare di loro iniziativa. Ammetto di essere interessata a ricollegare i fili con i parenti perduti *anche* per un motivo patetico: per mera solitudine, come se i legami con questi personaggi invisibili mi concedessero un posto d'onore nell'album scolorito del tempo. Sono stata rimproverata di preferire la compagnia dei morti a quella dei vivi e forse un po' è vero.

In realtà, il mio interesse per il passato non è nostalgico, ma funzionale. Certo, mi piace conoscere bene i fatti, consultare gli archivi, mettere a fuoco i contesti: è la memoria storica e non può essere cambiata, abbiamo il dovere di portarla e soprattutto di studiarla in modo approfondito. Esiste però anche una memoria ricostruita, ed è l'operazione che impegna coloro che non hanno vissuto gli eventi, l'impatto e gli urti della Storia in prima persona. Per esempio, io sono una seconda generazione della Shoah e non ho provato sulla mia pelle la persecuzione e il terrore. Tuttavia in un certo senso li ho assorbiti con il latte materno, *indirettamente*. Sono stati la creta che mi ha forgiato, l'aria che ho respirato. Nathan Zuckermann, il protagonista di *Lezione di anatomia* di Philip Roth, chiede a Selma, la madre malata di tumore al cervello, che per tutta l'esistenza ha evitato di rimuginare sugli orrori, di scrivere su un pezzo di carta il proprio nome e si accorge che lei ha tracciato, senza sbagli di ortografia, la parola «olocausto». Zuckermann infila il biglietto nel portafogli e lo porterà sempre con sé.

Ecco, noi ebrei teniamo in tasca quel foglietto spiegazzato, ingiallito, mangiato dal tempo, e anche se non lo esibiamo spesso in pubblico in modo plateale ci accompagna ovunque. E allora, se siamo scrittori o artisti, cerchiamo di tornare *laggiù*, di colmare le crepe, le fratture, di far ripartire gli anni e i ricordi che sono stati risucchiati in un buco nero, inventando, facendo supposizioni, perché non abbiamo altri strumenti, solo la fantasia. Proviamo a metterci nei panni, nelle scarpe degli oppressi, a volte anche dei carnefici, incarnandoli noi stessi. Cerchiamo di percepire tutte le sfumature, gli odori dell'umanità, nel bene e nel male. Sta a noi riempire le tombe vuote, provare a immedesimarci nei defunti, colorare la memoria con l'unico strumento lasciato in eredità, l'immaginazione: più che un pennello decorativo, un coltello affilato, capace di tagliare la gola ai fatti, strappare loro le viscere, farli a pezzi e ricrearli.

Perfino renderli irriconoscibili, ma sempre verosimili.

Esiste infine un terzo passaggio, legato alla trasmissione di ciò che è avvenuto: cosa portare nel presente dell'eredità *personale* ricevuta dai nostri antenati; ovvero quel retaggio di valori trasmessi da parte di chi ha vissuto eventi sconvolgenti (e penso che ne esistano in tutte le famiglie, non solo quelle ebraiche) ma ha scelto la via del silenzio, la rimozione, generando nei successori una sensazione di malessere e di caos, dannosa per la formazione di un'identità propria. Un intralcio per chi vuole percorrere un cammino verso il futuro. Dina Wardi, terapeuta israeliana che ha lavorato a lungo con i discendenti dei superstiti, nel suo importante saggio, *Le candele della memoria*, individua due categorie di sopravvissuti: i combattenti, coloro che sono usciti dalla Shoah rappresentandosi coraggiosi, la generazione alla *Exodus* che vuole percepirsi composta non da pecore mandate al macello, ma da patrioti, guerrieri e veterani di mille battaglie, fieri della loro resistenza e con lo sguardo volto all'avvenire; e le vittime, che non desiderano parlare del passato, che ne hanno perfino vergogna, i «buoni» che preferiscono sminuire, cancellare, coprire. I primi hanno un conflitto con paura e fragilità che non ammetterebbero mai, i secondi covano dentro una rabbia esplosiva inespressa. Ma se queste emozioni non arrivano alla coscienza e si incistano nella personalità dei padri e delle madri, sicuramente danneggeranno i figli e poi i nipoti. Saranno sempre dipendenti, incatenati, per opposizione o confluenza, al lascito e al destino dei loro avi.

Quindi, quello che mi spinge a partire per un'indagine familiare è la sete di libertà. Penso che l'unico modo per non soccombere alla trasmissione dei traumi incapsulati e dei non detti confinati nella reticenza sia spezzare le catene generazionali. *Scrivere per me è sopravvivere.* Per non parlare della responsabilità se si hanno figli. Allora questo lavoro paziente di scelte diventa quasi indispensabile. I nostri predecessori possono causare disastri e trasmettere veleno o virus letali se non si rimettono al loro posto o non si fanno uscire di scena alla svelta ricollocandoli nella bara con un provvidenziale paletto nel cuore.

«La memoria è come il mare, può restituire brandelli e rottami a distanza di anni» scrive Primo Levi.

C'è una parte di me che non molla, che vuole continuare ad agitare le acque torbide in cerca di chissà quale mostro marino o tesoro sommerso. O per usare un'immagine più prosaica, che non trova pace finché non stura lo scarico del lavandino, facendo fuoriuscire tutta la melma che lo intasa.

Per quanto riguarda la nonna sento che c'è ancora un nodo da sciogliere: ci sono conti in sospeso.

Ripenso spesso a quella promessa non mantenuta, al suo desiderio che le ceneri venissero sparse nel fiume francese. Voleva essere riportata a una patria simbolica, tornare al luogo dove si era sentita amata da piccola, e noi non abbiamo rispettato la sua volontà. Le abbiamo concesso soltanto un funerale anonimo, un'operazione fredda e routinaria. Hanno ragione gli americani quando durante la funzione funebre invitano i parenti a parlare. Qualcuno sale sul palco, prende in mano il microfono come un attore hollywoodiano, si fanno battute, si ride, si piange, si mostrano e commentano fotografie, si rievocano momenti sereni trascorsi con il defunto. Si fa *spettacolo*, si diventa interpreti del rito della morte per onorare la memoria di quella persona.

Quando è scomparso il nostro adorato gatto Percy, io e mio marito non abbiamo avuto cuore di lasciarlo dal veterinario, dove i cadaveri degli animali vengono smaltiti tutti insieme e non è possibile raccoglierne individualmente le ceneri. Così abbiamo deciso di ritirare il corpo, di metterlo in un contenitore di cartone e di andare a seppellirlo in un bosco. Mia figlia, allora di sette anni, aveva fatto un bel disegno da apporre sulla scatola per personalizzarla. Raffigurava noi tre in lacrime davanti al nostro amico peloso, acciambellato sottoterra come quando dormiva placido sul divano. C'era una stella di David che campeggiava sulla bara perché per lei Percy era ovviamente un gatto ebreo e meritava una commemorazione ufficiale, non un semplice e sbrigativo rituale per sbarazzarcene. Abbiamo scavato una buca, l'abbiamo ricoperta, Greta ha colto qualche fiore e poi abbiamo detto insieme una preghiera per salutare il nostro piccolo compagno.

Invece per la nonna non c'è stata nessuna ricostruzione teatrale, non siamo stati protagonisti di niente. Nessuno ha detto nulla, un addio, un saluto. La morte è passata così, come una folata di vento freddo, e adesso le foglie coprono il nome iscritto sulla lapide negandole ricordo, cancellandone l'esistenza.

È stato un funerale *inutile*.

Credo perfino che non me lo abbiano detto, di non essere stata avvertita. Ho assistito alla cerimonia della cremazione, ma non alla funzione sbrigativa al cimitero, quella clandestina, alla quale erano presenti poche persone. Mia madre non mi ha avvisato per dispetto, forse offesa dal fatto che al crematorio, subito dopo la consegna delle ceneri, fossi scappata via per andare a insegnare fuori città. Io dal canto mio avrei potuto informarmi; non ho chiesto se ci sarebbe stata un'ulteriore commemorazione, considerando il mio impegno assolto.

Solo che adesso mi sento in colpa.

Quando si comincia a dire *avrei potuto*, *avrei dovuto*, è segno che qualcosa non va. Un gesto è mancato, una parola non è stata detta, un lutto è rimasto incastrato nell'attesa. Così, quando ormai pensavo di aver elaborato il possibile sulla mia famiglia, aver scavato, analizzato, chiarito, risolto, il fantasma della nonna è venuto a cercarmi, per ricordare che c'era ancora un'ultima storia da raccontare, un ultimo groviglio da sciogliere.

Non che non ci avessi provato. Il personaggio Elena fa già capolino in diversi libri che ho scritto, in epoche diverse e con sensibilità diverse, ma non le ho mai dedicato una narrazione vera e propria, soltanto sua, anche perché per farlo avevo bisogno di indizi, di dati e quella era una trama piena di buchi e mancanze. Troppe le omissioni, le sottrazioni, le separazioni, le scomparse. A un certo punto, davanti all'abisso insondabile, la tentazione è stata quella di arrendersi. È vero, ci sono gli archivi, i database di genealogia. Ma pogrom e guerre hanno distrutto documenti preziosi ed esistono dei limiti oggettivi anche per il ricercatore più tenace.

Eppure il *dybbuk* se ne frega dell'evidenza, mi tormenta, entra nei sogni: l'immagine delle foglie che si accumulano sulla tomba abbandonata si impossessa del quotidiano, mi intristisce come una litania funebre di sottofondo. Potrei ignorare il richiamo, attaccarmi al qui e ora del presente e invece continuo a rimuginare, a ruminare memoria come una mucca insoddisfatta che non riesce a mandare giù l'erba e a saziarsi.

A volte penso che con tutte queste personalità eccentriche ed esuberanti verrebbe fuori un romanzo storico con i fiocchi. Ma io non sono particolarmente interessata alla parte gonfiata, enfatica, casomai a quella sommersa, inconscia, di cui nessuno vuole parlare. Sono convinta che se riuscirò a ricostruire la storia deformata dal tempo, a terminare ciò che ho tante volte iniziato, sciogliendo la tensione dei troppi *chissà*, se dipanerò il guazzabuglio emotivo, potrò finalmente sentire, chiarire cosa provo, cosa significa questa eredità per me.

Il gesto di scrivere rappresenta un atto simbolico? Una ricomposizione, un mantenere la promessa, uno spargere le ceneri al vento? Forse chiudere un ciclo?

Ma per riportare a casa la nonna, devo prima ricostruirne un corpo.

II

COME RIEMPIRE UNA TOMBA VUOTA

Le origini

Nella mia famiglia non si parlava del passato se non in modo leggendario e superficiale, omettendo informazioni fondamentali, contesti storici utili a comprendere scelte e decisioni. La guerra, l'esilio, le perdite di luoghi e persone, i sentimenti scomodi connessi a destini tanto tragici erano argomenti scottanti soltanto sfiorati, per cui la conoscenza si arrestava ai dettagli folcloristici e suggestivi, relativi ai parenti russi. *Avere lo spirito dei Dresner* nel nostro lessico familiare significava non cedere davanti alle difficoltà della vita, ribellarsi all'ingiustizia, combattere e sopravvivere, come aveva fatto il mitico Giulio, scappato dalla dittatura zarista perché aveva osato gridare «viva la libertà» davanti alle guardie cosacche. Giulio, che a diciotto anni aveva passato il confine austro-ungarico nascosto dentro un carro di fieno, proprio come aveva fatto la giovane Rosa Luxemburg, la fiera propugnatrice del socialismo rivoluzionario. La nonna sosteneva che lui l'avesse l'incontrata a Varsavia o più probabilmente in Francia, che fossero amici, anzi che se ne fosse pure invaghito. La Luxemburg era fuggita nel 1889 dalla Polonia con lo stesso stratagemma dei Dresner, sotto la paglia in un calesse trainato da cavalli, salvo tornarvi nel dicembre 1905 e venirvi arrestata e imprigionata. Si vede che all'epoca i fuggitivi e i dissidenti politici utilizzavano questo metodo per sparire, come adesso i profughi si infilano nei terribili, soffocanti container. Un viaggio rischioso e angosciante, con la paura di venire scoperti e infilzati da una baionetta. Per coincidenza, poi Giulio sposò un'altra Rosa, anche lei compagna di lotta contro la tirannia dello zar.

Fin da ragazzina, questo bisnonno eroico mi aveva intimidito. Ne avevo sentito sempre parlare con un'ammirazione perfino irritante, con quella leziosa cartolina dei due sposini chagalliani in fuga dal cattivo. Ma non c'erano molti altri aneddoti su di lui e la mia fantasia di adolescente curiosa rimbalzava annoiata nel vuoto. D'accordo, c'erano le canzoni in yiddish, il racconto che per lo shabbat la porta di casa restava sempre aperta per l'ospite che poteva arrivare; o che raccomandava ai figli di fare *tzedakà*, elemosina, ai bisognosi, in particolare di regalare un paio di scarpe a chi non le aveva (*la morte comincia da cattive scarpe o dal non averle affatto*, come racconta ancora Primo Levi in *Se questo è un uomo*). E poi il ripetere che dormiva con *Il Capitale* di Karl Marx nascosto sotto il cuscino per non farlo scoprire al padre rabbino Srul, che avrebbe voluto che il figlio seguisse un percorso religioso, certamente non che diventasse un contestatore.

Ma erano ricordi opachi, spenti, una lunga serie di luoghi comuni fritti e rifritti.

Mia mamma dal canto suo aveva conosciuto poco questo nonno che durante la sua infanzia a Milano era ormai un banchiere affermato, sempre in viaggio tra le filiali estere del Credito Italiano. Citava come unico ricordo affettivo che un giorno, proprio di ritorno da uno dei suoi spostamenti, aveva portato ai bambini, cioè lei, sua sorella Wanda e i cuginetti Bice e Lamberto, una grande forma di gorgonzola, una rara prelibatezza per l'epoca, e che loro l'avevano mangiata tutta quanta per merenda ricavandone una tremenda dissenteria. Giulio aveva passato la notte correndo da una casa all'altra per rimediare al disastro, sentendosi terribilmente in colpa. Ecco, tutto qui, eppure quella era un'immagine che mi faceva molto ridere, pensare all'eroico bisnonno che si divideva tra le due famiglie cercando di rimediare alla diarrea dei nipoti di cui era stato involontario responsabile; questa scenetta da avanspettacolo, con la sua comicità involontaria e il senso sproporzionato della tragedia esplosiva che sconfinava nella beffa, questa indigestione collettiva da affetto eccessivo, produceva in me perfino tenerezza. Era uno dei pochi ricordi *veri* che mia madre aveva del suo nonno geniale che per un goffo tentativo di amore le aveva regalato un formaggio scaduto.

Perché il problema era proprio questo: che per la mamma e la nonna più che una persona in carne e ossa, Giulio era un simbolo, un marchio di fabbrica, un modello da imitare e nello stesso tempo una figura inaccessibile. Era colui che aveva dettato le regole, deciso le norme che dovevano essere rispettate per appartenere al clan dei Dresner. Nessuna delle due lo aveva mai conosciuto davvero, semplicemente perché non c'era mai, era inafferrabile, sempre impegnato in trasferte di lavoro. Anche lui era stato un'ombra di passaggio nelle loro vite. Eppure aveva esercitato un decisivo legame di fascinazione che aveva influenzato lo sviluppo dell'identità. Era nato il mito dell'ammirazione, l'idealizzazione compensatoria che lo aveva raggelato per sempre nella fotografia-santino del mio album del passato.

Che grande uomo. Che carattere. Che famiglia coraggiosa.

Insomma, la nonna voleva essere la figlia devota di *quel padre*, reclamava asilo nei suoi geni. Voleva che annusassimo su di lei il profumo della vincente, di quella che invece di piangersi addosso si era rimboccata le maniche e ce l'aveva fatta. Desiderava essere considerata autonoma e indipendente, disprezzava le donne fragili e sentimentali, succubi del potere maschile. Le sfuggiva un semplice dettaglio: era stata proprio la sua famiglia a estrometterla, lasciandola di nuovo da sola in Italia quando nel 1939 genitori, sorella e fratello avevano tagliato la corda rifugiandosi chi in Cile e chi negli Stati Uniti.

C'era un'altra contraddizione che non riuscivo a spiegarmi. Come aveva fatto un seguace di Lenin, che leggeva Marx, che militava nelle fila del socialismo contro lo zar sposando la causa della Rivoluzione operaia a diventare un capitalista, un banchiere affermato in Italia, addirittura amico di Mussolini con cui, pare, avesse pure una fitta corrispondenza epistolare? La risposta era sempre stata che conosceva sedici lingue e quindi era stato assunto prima al Portafoglio esteri e poi, dato che era intraprendente e acuto, aveva fatto una rapida carriera scalando posizioni, guadagnando onori e sempre maggiori responsabilità, coltivando amicizie illustri.

La fotografia d'epoca raffigura un uomo piccolo di statura.

Pelle olivastra, labbra carnose.

Due occhi neri profondi, penetranti, specchio di un carattere testardo e volitivo, vestito con un'elegante redingote, camicia dal collo squadrato, in occasione dello scatto che deve celebrare il suo successo sociale milanese.

Il naso schiacciato, un po' sproporzionato, conferisce al viso un'aria di sfida e ostinazione.

Un uomo che si pulisce con cura lo sporco da sotto le unghie e lustra alla perfezione le scarpe, che sceglie le parole che gli usciranno di bocca, preoccupandosi che siano forbite.

Un uomo che non si era mai dato per vinto davanti all'impossibile, che aveva sognato in grande e si era preso il destino tra le mani.

Sì, ma cosa ne era stato di tutti quegli ideali comunisti, della militanza politica e degli afflati rivoluzionari tanto strombazzati ai quattro venti? Che c'entrava l'amicizia con il Duce? Come mai si erano sempre raccontati i meriti del tanto ammirevole bisnonno e non le contraddizioni, perché nessuno aveva notato una discrepanza così evidente?

Piano piano si era fatta strada in me la convinzione che qualcosa non quadrasse. Che il racconto risentisse di una mistificazione subdola.

Che il gigante del mito avesse i piedi d'argilla.

Giulio non esiste. È un'invenzione, un falso. Probabilmente il bisnonno scelse quel nome appena arrivato in Francia. Non ho trovato traccia neanche di uno Juliuzs negli uffici dell'anagrafe o negli archivi polacchi. Nessun atto ufficiale, di nascita o matrimonio. Per fortuna conoscevo il nome ebraico, Szaja (una traslitterazione alla russa di Jehoshua, Giosuè) Zamwel. E da lì, per fortuna, si è aperto un mondo.

Era nato a Kolbiel, un villaggio quaranta chilometri a sud-est di Varsavia. Nella pagina di un vecchio registro, tradotta con pazienza da amici competenti, si legge che:

> Srul Zelman Drezner, *(con la zeta)*, mercante di anni 58, si è recato personalmente alla presenza dei testimoni Raulf Lerman, cantore di sinagoga di anni 49, e di Pinkus Izakson, calzolaio di anni 56, ed ha presentato un bambino di sesso maschile, Szaja Zamwel, affermando che è nato il 26 aprile del 1885 da sua moglie Tauba, di anni 37.

Kolbiel era una posizione strategica, perché gli abitanti potevano raggiungere facilmente quella che all'epoca era la più grande capitale del mondo ebraico, fare affari e ritornare in giornata. Sul tragitto era possibile fermarsi a Otwock, a Józefów e imboccare la lunga strada per Praga. Se invece che a Varsavia giravi a ovest, in un paio d'ore eri a Góra Kalwaria, puntavi a nord e ti trovavi a Minsk anche prima. Durante la Seconda guerra mondiale i nazisti vi crearono un ghetto e gli ebrei residenti furono tutti deportati e uccisi a Treblinka.

Qualche giorno dopo aver ritrovato il certificato del bisnonno, avviene un colpo di scena inaspettato. Sempre nel vecchio fascicolo, appena poche pagine indietro, scopro che nella stessa data di Szaja era venuta alla luce Jentka, una bambina, anche lei figlia di Srul e Tauba. Una gemella, che però morì pochi mesi dopo. Non era un caso infrequente, purtroppo molti neonati non raggiungevano l'anno di età perché si ammalavano, quando non accadevano episodi ancora più tragici. La vita era appesa a un filo sottile. Questa scoperta è comunque un'indicazione molto interessante per quello che riguarda la personalità del fratello superstite.

Era il gemello resistente, quello che ce l'aveva fatta: il suo compito da quel momento sarebbe stato vivere *anche per Jentka*. Affermare la riuscita, ribadire la vittoria familiare sulla morte. Naturalmente tutto questo avrebbe avuto un prezzo alto a livello interiore. Un terribile senso di colpa, la sensazione di non essere mai del tutto intero, privato fin dalla nascita di qualcosa che sarebbe sempre mancato.

Szaja era figlio di Israel Zalman, detto Srul, nel documento definito mercante perché in effetti aveva una ditta di tessuti a Varsavia. Nato a Góra Kalwaria nel 1827, proveniva da una lunga stirpe di rabbini, brillanti talmudisti, della dinastia *gher*. Gli uomini si vestivano con abiti scuri, pantaloni infilati in calzini chiamati *hoyzn zokn*, e indossavano un cappello rotondo di feltro, con i riccioli laterali infilati sotto lo *yarmulke*, a nasconderli. Per lo shabbat invece portavano un colbacco circolare di pelliccia.

La nonna sosteneva orgogliosa che discendesse dal Ba'al Shem Tov in persona, il maestro Israel ben Eliezer, di cui portava anche il nome abbreviato, *Srul* appunto, fondatore del chassidismo. Ba'al Shem Tov significa maestro del nome di Dio o del buon nome; in questo secondo caso ci si riferiva in particolar modo alla reputazione del sant'uomo, in grado di risanare malattie e compiere miracoli. Era una sorta di taumaturgo, di predicatore, di guida spirituale del popolo.

Elena raccontava che suo nonno avesse poteri particolari di guaritore, doti di preveggenza, che attribuiva anche a se stessa. Da qui secondo lei veniva la sua passione per le sedute spiritiche; sì, sosteneva di essere una medium e che una volta le si fosse materializzato in mano un ditale di foggia antica – che ancora conservo. *Un fenomeno da asporto*, come affermava per garantire autenticità e valore scientifico all'episodio, avvenuto quando in un momento di depressione aveva deciso che non avrebbe più confezionato abiti.

Di sicuro Srul era un padre amorevole che stravedeva per questo bambino avuto in tarda età, ma anche un uomo rigido, credente in un ordine morale e rispettoso dei precetti religiosi. I figli maschi dovevano sempre portare la kippà, anche quando dormivano, e appena alzati al mattino per prima cosa lavarsi le mani e lodare Dio per averli creati uomini.

Probabilmente Szaja si chiedeva per cosa dovesse ringraziare così tanto l'Altissimo un ebreo nato da quelle parti. Non aveva tutti i torti.

Conosco il chassidismo, il movimento di massa ebraico basato sul rinnovamento spirituale, soprattutto dalle belle pagine di Martin Buber, e coincide perlopiù con la figurina *naïf* del saggio con la barba lasciata lunga, perché tagliarla sarebbe rompere il legame con il cielo, che danza pregando per entrare in contatto estatico con Kadosh Baruchù, dato che la gioia della fede e il sentimento interiore di pietà che santifica ogni cosa erano le caratteristiche di questa corrente.

Un personaggio mistico, con i suoi ondeggianti movimenti di preghiera, che sembra uscire da un racconto di Isaac Singer. In effetti, però, il fatto che sui documenti Srul venga definito «mercante» va a sfatare uno stereotipo a cui ormai siamo abituati: che i rabbini, quelli lì, quelli con il caftano e il colbacco di pelliccia, vivessero isolati nel loro piccoli shtetl e dedicassero le loro giornate alla lettura dei testi sacri, appartati dal resto del mondo, un po' come avviene a Mea Sharim o nei ghetti di Brooklyn. Invece quella dicitura professionale ci informa che Srul sarà anche stato un uomo pio e devoto, ma doveva pur campare e per guadagnare commerciava in tessuti. Quindi è chiaro come all'epoca i confini tra mondo religioso e laico o borghese non fossero così definiti e invalicabili, ma più porosi del previsto. Sicuramente il padre del bisnonno era legato alle tradizioni e forse un po' antiquato nei modi e nel vestiario, ma non più di come può apparire oggi a un figlio rapper un papà che vada in ufficio in giacca e cravatta.

In un certo senso, i seguaci del chassidismo già vivevano seguendo i dettami del socialismo populista che avrebbe preso piede in seguito: la porta sempre aperta, un posto in più apparecchiato a tavola, l'elemosina e un piatto caldo ai bisognosi. Le famose scarpe che si dovevano regalare ai poveri per aiutarli a superare il gelo dell'inverno: una raccomandazione che proveniva da quel retaggio familiare, da quei valori di accoglienza e generosità tramandati da Elena.

E poi un qualche fascino lo Srul della mia storia ce lo doveva avere perché nei registri polacchi gli trovo attribuito un numero imprecisato di figli nati da precedenti matrimoni. Soprattutto era riuscito a far innamorare Tauba Chaja, la madre di Szaja, che proveniva da un'altra famiglia complessa, gli Opatowsky di Zduńska Wola.

Anche loro discendevano da una lunga dinastia di rabbini e *maskil*, persone religiose ma di grande cultura. Erano più moderni e cosmopoliti dei Dresner. I ragazzi venivano istruiti a parlare ebraico, a conoscere il Talmud e nello stesso tempo ricevevano un'educazione laica. Studiavano economia, ingegneria. Parlavano russo, inglese, francese, tedesco, anche se probabilmente tutte le lingue con uno spiccato accento *polyishe yiddish*.

Erano commercianti nel settore del legno e della lana. Il patriarca, il vecchio Fejbus, era una figura centrale tra gli imprenditori dell'Ottocento: aveva inventato un nuovo tipo di filato e lo aveva esportato spingendosi in Russia e fin nella lontana Cina, come era solito ricordare nei suoi intriganti racconti di viaggio.

In un documento del 1827 si legge:

> è importante e occupa un ruolo vitale nell'industria. Ha messo su una propria ditta e nel 1826 ha fatto un accordo con quattro lavoranti di origine tedesca. Le condizioni del contratto implicano che abbia il controllo esclusivo sul lavoro degli operai e sulle vendite.

Un fatto eccezionale in un contesto in cui gli ebrei erano costretti a pagare continue tasse e avevano diritti civili piuttosto limitati. Le restrizioni a cui erano soggetti, tuttavia, erano davvero tante e anche un uomo di rilievo come Fejbus alla fine dovette piegarvisi. Uno dei suoi più grandi desideri, avere la licenza di costruire un edificio di mattoni in città e lasciarlo in eredità ai figli, non venne esaudito. Gli ebrei non godevano il privilegio di poter trasmettere in successione i propri beni. Scoraggiato dalle tante difficoltà, umiliato nelle sue ambizioni e dovendo fronteggiare anche una dura crisi che colpì il settore del tessile, abbandonò l'industria dei filati per dedicarsi al commercio delle bevande alcoliche e a un forno dove vendere pane. Nel 1847 acquistò una fattoria poco distante, a Janishewica, e vi si stabilì, finendo i suoi giorni nell'anonimato. Giaceva tutto il giorno su un sofà, masticando tabacco e bevendo *wyzniowka*, un'acquavite di ciliegie mista a un'altra essenza scura come succo di more e profumata come concentrato di fiori. Ma divenne per i nipoti soprattutto un grande affabulatore di storie, aneddoti, battute.

Alcuni degli Opatowsky, come Gecel, il padre di Tauba, erano studiosi dei testi sacri, ma la maggior parte erano intellettuali che vivevano la religiosità seguendo i dettami dell'Haskalà. Questo era il termine usato dagli ebrei dell'Europa orientale e centrale per indicare la loro versione dell'Illuminismo. Non tanto un movimento omogeneo ma un concetto di ampia portata che copriva idee e gruppi diversi. C'era però un fattore comune, un generale consenso al fatto che ci si dovesse adeguare al mondo moderno. Essere quindi ebrei dentro le mura della propria abitazione e uomini liberi, aperti all'influsso del fuori, una volta varcata la soglia.

Casa Opatowsky era un crogiuolo di incontri. Tra un tè e l'altro, shabbat dopo shabbat, tra quelle mura erano passate Sofia e Lidia, le figlie di Ludwig Lejzer Zamenhof, scrittore di Varsavia e inventore dell'esperanto, che non era solo una lingua ma un progetto di speranza, pensato per salvare l'umanità e prevenire altre guerre; o il conte Philip de Nevlinsky, la cui famiglia un tempo appartenuta all'aristocrazia, ormai decaduta, aveva preso parte a molte rivolte contro lo zar. Si discuteva di sogni e di utopie, sicuramente di sionismo.

Un ambiente di certo più stimolante rispetto a quello di Srul Dresner, con le sue regole religiose vetuste: quel lavarsi le mani al mattino e dopo ogni pasto biascicando benedizioni, che a Szaja sembravano solo retaggi di stupidità e ignoranza degni di un ottuso regime feudale.

Le due famiglie erano comunque molto unite, addirittura intrecciate. Il legame tra Fejbus junior, figlio del cugino della madre Isaac, e Szaja è sempre stato più un rapporto tra fratelli che tra parenti alla lontana, al punto che prima di imbattermi nel certificato di nascita del bisnonno avevo il sospetto che pure lui fosse un figlio nato da una relazione clandestina tra i due consanguinei. Una certa promiscuità non era insolita nei nuclei numerosi, dove accoppiarsi tra congiunti non era poi così impensabile.

Per capire meglio contesti e atmosfere sarebbe necessario indagare di più sui retroscena familiari, e mi sono interrogata per esempio sul rapporto tra Srul e Tauba, i genitori. Per nessuno dei due quello era il primo matrimonio; ma è impossibile sapere se si amassero o no, se fossero compatibili l'uno con l'altra, se fosse invece un'unione combinata, dettata da motivi economici, come a volte avveniva all'epoca. Un modo per inserirsi in un ambiente benestante e magari riacquisire uno status sociale dignitoso dopo un crollo finanziario.

Sono in grado di fare supposizioni solo in chiave ipotetica e letteraria e inserire ogni tanto una formula possibilista: un *può darsi*.

Sicuramente ebbero diversi figli insieme, anche se erano già in un'età decisamente matura, lui quasi sessantenne e lei che aveva passato i trentacinque.

Tauba Chaja, ultima nata in una famiglia dove il padre morì un anno dopo la sua venuta al mondo insieme ai due fratellini di pochi anni, probabilmente in seguito a un pogrom, madre amatissima dal bisnonno, resta un personaggio misterioso, su cui non sono riuscita a fare un serio approfondimento per mancanza di tracce e di indizi. Continua a essere un'altra foto muta dell'album della memoria ricostruito grazie a pazienti ricerche genealogiche che, come spesso avviene, richiedono tempi lunghi e spreco di energie per arrivare a un risultato minimo e insoddisfacente. Nel mio caso soltanto un'immagine che mi guarda da un foglio A4 sgranato appeso al muro del mio studio. Raffigura una malinconica ragazza dagli occhi presumibilmente grigio-azzurri, un copricapo civettuolo in testa e l'aria sofisticata di gente di città. Perché se il marito Dresner vestiva da ebreo ortodosso con il caftano scuro, gli Opatowsky ci tenevano invece alla moda; i ritratti di Yosef, poi divenuto scrittore negli Stati Uniti con il nome di Joseph Opatoshu, mostrano un dandy alla Oscar Wilde, con un grande cappello nero a falda larga, un mantello romantico gettato con nonchalance sulle spalle e baffetti da seduttore.

Una cosa è certa: Szaja, oltre a essere il sopravvissuto di due gemelli, quello che la morte aveva risparmiato, si portava nei cromosomi una spaccatura identitaria fin dalla nascita. Forse tra due famiglie diverse, sicuramente tra due universi mentali. Non era certo l'unico, era normale tra i giovani dell'epoca. Il loro obiettivo non era adattarsi all'ambiente ma crearne uno radicalmente nuovo. Lo slogan più incisivo, emancipazione. Tutto questo non avveniva però in modo coerente, lineare. Uno storico della Russia del periodo, Ezra Mendelsohn, sintetizza questa realtà sfaccettata e scrive in un saggio, *Zionism in Poland*, che spesso la stessa famiglia produceva un rabbino, due bundisti e un sionista! In questo senso è comprensibile e naturale che in un figlio di quella generazione covasse la ribellione al retroterra antiquato del padre, che non gli permetteva di vivere secondo le sue aspirazioni.

Indicativo quel libro di Karl Marx sotto il cuscino, che significava la rottura con la religione e da cui proveniva la convinzione che la fede paralizzasse l'uomo, che ogni assoluto che si chiamasse Dio, spirito, essere supremo, creasse schiavi troppo ignoranti e miseri per la libertà.

La curiosità per quello di cui tutti parlavano, l'assunzione di modelli di vita in stridente contrasto con il vecchio, la voglia di agire per cambiare la pesante situazione degli ebrei nell'Impero: per farlo si militava nei ranghi del Bund. Il partito degli operai, nato nel 1897 nella Russia di Nicola II, molto presto costituì l'Unione Generale dei Lavoratori Ebrei di Lituania, Polonia e Russia ed ebbe uno stampo politico ma anche filantropico. Oppure si partecipava al movimento sionista nascente, declinato in varie correnti che univano il desiderio di rivoluzione alla volontà di una rinascita sociale e nazionale di uno stato ebraico. Molti lo ignorano e associano la parola sionismo agli attuali coloni israeliani, chiaramente di destra, nemici giurati degli arabi; eppure i primi fermenti si formarono proprio allora, in quel contesto progressista, e il comunismo, l'uguaglianza, la parità, la possibilità di un'auspicabile convivenza tra lavoratori che rifiutavano di essere sfruttati erano elementi basilari e costitutivi (basterebbe rileggersi ogni tanto la dichiarazione dello stato di Israele del 1948 per rendersene conto).

Il bisnonno nacque in un momento storico in cui l'idea dell'esodo era nell'aria. La Rivoluzione francese aveva rappresentato una specie di Diluvio universale, in grado di spazzare via i persecutori, e adesso le immagini della fuga dall'Egitto assurgevano a simbolo di liberazione dalla dittatura. L'emigrazione non era una semplice soluzione alla crisi collettiva ma una decisione personale, una questione di coscienza che spingeva ora verso la Palestina ora verso l'America.

Se crediamo nella teoria che il nome che viene scelto determini la nostra missione su questa terra o perlomeno rispecchi delle aspettative di chi ce lo assegna, forse non è un caso che Srul avesse chiamato l'ultimo nato proprio Jeszaja. Il Giosuè biblico era il condottiero affiancato a Mosè nel cammino di liberazione dalla schiavitù, i quarant'anni nel deserto prima di arrivare alla terra promessa. Soltanto che Mosè, ormai molto anziano, non riuscì mai ad arrivarci e designò lui, decisamente più giovane ed energico (pare che avesse ottant'anni ma per un patriarca biblico era cosa da poco!), a condurre il popolo alla conquista di Canaan. È Giosuè che agisce, che fa avanzare l'Arca dell'Alleanza lungo il fiume Giordano, che conquista Gerico e amministra le tribù. Che ha la forza necessaria e riesce dove i vecchi hanno fallito.

In ogni caso l'ansia di rivolta di Szaja era il segno di una precisa presa di posizione nei confronti di una società che si accontentava di vivacchiare secondo i ritmi impressi dai rabbini o accettava passivamente di sopportare le angherie del regime zarista e degli antisemiti. La gioventù ebraica si sentiva esclusa da un mondo che si stava trasformando tutto intorno, di cui non era parte integrante. Un mondo che tendeva verso il liberalismo in politica, verso l'industrializzazione, il culto del libero arbitrio, l'occidentalizzazione. Per questo era fondamentale conoscere, sapere, informarsi, un valore che è sempre stato importante per i Dresner in seguito: giocare d'anticipo, essere un passo avanti agli altri, batterli sul tempo con astuzia.

Il primo passo verso la secolarizzazione avvenne con l'educazione scolastica. Szaja riuscì a sottrarsi alle grinfie paterne e alla luminosa carriera da rabbino che Srul sognava per lui studiando alla scuola media superiore a Łódź (all'epoca c'erano più di novantamila ebrei e la città era rifiorita culturalmente dopo l'abolizione del ghetto) e poi andando a lavorare come contabile e corrispondente dal fratello maggiore Chaim nella ditta di tessuti a Varsavia.

Posso immaginare che quel ragazzino di diciassette anni fosse affascinato dalla prospettiva di un cambiamento di vita e dalle possibilità che una grande città gli avrebbe offerto. Lì fervevano attività, succedevano cose, arrivavano novità, idee eccitanti. Le azzime erano più sottili, i tessuti più morbidi, i cibi più saporiti. Ma soprattutto si accedeva a una categoria superiore salendo di un gradino nella scala che il giovanotto ambizioso aveva tutta l'intenzione di percorrere fino alla cima. Aveva iniziato a occuparsi dell'ufficio amministrativo, essenzialmente traduceva lettere provenienti dall'estero; aveva studiato il francese e il tedesco, conosceva l'yiddish e l'ebraico, conversava in russo e aveva letto i grandi poeti di quella vasta letteratura, in seguito sostituiti da Gogol', Dostoevskij e Puškin. I francobolli colorati attaccati sulle buste gli evocavano luoghi lontani, avevano il profumo della cultura, della nobiltà e della bellezza che emanavano da paesi finora solo immaginati nei sogni.

Faccio un passo indietro e apro una parentesi personale. Mi viene da confrontare con il bisnonno poliglotta la mia totale sordità linguistica, credo in parte dovuta a un tentativo di opposizione rispetto al modello venerato. Anch'io parlo diverse lingue, tutte male. Insomma, ho una specie di infarinatura generale, ne conosco alcune, ma preferisco in genere tradurre, restare dietro le quinte: espormi in una chiacchierata tocca delle insicurezze troppo intime, un innato senso di inadeguatezza.

Alcune le leggo con fluidità, come l'inglese, ma ho una pronuncia raccapricciante, al punto che vengo ripetutamente presa in giro da mia figlia, che invece parla con perfetto accento americano, tanto da essere scambiata per una teenager di Berkeley. Ho provato molte volte a imparare l'ebraico, però lo dimentico quasi subito: ho un conflitto con l'alfabeto, è il territorio di mia madre. Mi arrangio con il francese, imparato da sola, la lingua della nonna. Butto lì qualche parola in spagnolo, appreso per comunicare con i parenti cileni, ma non mi azzardo a intraprendere un dialogo che non riguardi le indicazioni stradali o gli ingredienti di una colazione.

Può darsi.

Può darsi che ogni tanto il cugino Fejbus venisse a trovare Szaja e fantasticassero dei movimenti operai, delle utopie, degli ideali e delle speranze di un cambiamento.

Si scambiavano pareri sui libri di Tushia, la casa editrice creata da Abraham Leib Shalkovich, noto come Ben Avigdor, il cui scopo era far conoscere bella letteratura in ebraico alla portata di tutti, a un prezzo abbordabile: qualunque scrittore o poeta sionista desiderava pubblicare con loro. Vi apparvero molti testi filosofici, ma anche poesie e canzoni, tra le quali *HaTikvà*, che diventerà l'inno dello stato di Israele. Avevano iniziato a frequentare cantine fumose, dove si progettavano rivolte antizariste e si stampavano volantini clandestini. Szaja ammirava l'entusiasmo inesauribile di Fejbus che, sudato, con le guance arrossate, non si faceva mai pregare a parlare e teneva arringhe appassionate e trascinanti sulla giustizia e l'uguaglianza. Ne condivideva le idee e invidiava la sua capacità di infiammare il pubblico di astanti, che pendevano dalle sue labbra. Una capacità retorica sicuramente ereditata dal vecchio Fejbus, che aveva raccontato loro per tutta l'infanzia le sue storie sulla Cina e meravigliosi aneddoti e favole tratte dai *midrashim*.

Szaja aveva conosciuto una sartina, Rojza, e se ne era innamorato. Lei era di cinque anni più grande.

Era nata il 5 giugno 1880 a Kowal in provincia di Varsavia da Abram Fiszlevitz e da Perel Wolkovitz, che morirono presto – la madre nel 1892, il padre nel 1898 – lasciandola orfana; era la più piccola di tre fratelli e due sorelle già sposate. Aveva dovuto rimboccarsi le maniche, mettendosi a lavorare da subito. Kowal era un piccolo shtetl, nel 1860 si contavano quarantuno famiglie ebraiche di sarti, come i Fiszlevitz, trentasette di ciabattini e dieci di falegnami. L'influenza del movimento sionista era particolarmente forte tra i giovani che partecipavano alle sezioni locali dell'Hashomer Hatzair, di Hechalutz, di Gordonia; ma si trovavano anche altre organizzazioni, per esempio il gruppo religioso Agudat Yisrael, i cui membri erano perlopiù ebrei chassidici *gher*, come il padre di Szaja, o il partito del Bund, che aiutava e attirava gli indigenti. Non so molto di più, se non che il bisnonno l'aveva sposata dopo un breve fidanzamento, nonostante il parere contrario del padre e di una delle sorelle che avevano rimproverato il gesto impulsivo, stigmatizzando soprattutto la differenza di età e quella sociale, visto che Rojza era una donna lavoratrice, un'operaia, non proprio il modello di *balebuste*, la classica moglie ebrea tradizionale. La nonna ne parlava come di una proto-femminista e raccontava che era stata proprio lei a coinvolgere Szaja nell'attività rivoluzionaria. In un certo senso, come ho già detto, era la sua personale Rosa Luxemburg in miniatura. Con le debite proporzioni ovviamente.

Al bisnonno non interessava l'opinione di un tradizionalista bigotto; casomai, aveva preso dalla madre il gene dell'anticonformismo e della ribellione. Quando si metteva qualcosa in testa era difficile fermarlo. I due sposi, la notte, sotto le coperte, vagheggiavano una vita nuova in paesi lontani. Non erano fatti per quell'ambiente ristretto e limitato, per i pregiudizi e le regole stantie e nemmeno per il noioso commercio dei tessuti: avevano dentro inquietudine e voglia di Europa. La Russia era sopportabile per gli ebrei rassegnati, un inferno per coloro che volevano cambiare il mondo come due ventenni insofferenti.

Può darsi.

Che il vecchio Fejbus, che aveva intuito questa ansia, una sera avesse preso da parte i suoi due nipoti, Szaja e il giovane Fejbus. Aveva versato loro un po' di *wyzniowka* e l'aveva aggiunta nel suo boccale pieno di tè nero. Szaja esitava davanti al piccolo calice, bagnandosi appena le labbra per cercare di salvarsi dal bruciore allo stomaco.

«No, va bevuto d'un colpo, così» lo aveva incitato l'anziano, portandogli via il bicchierino di mano e vuotandolo d'un fiato, con il capo rovesciato all'indietro. Poi però aveva assunto un'espressione grave. Dalla gola in fiamme stavolta non erano uscite narrazioni favolose, ma il consiglio severo di andarsene. Quasi un ordine perentorio; con lo stesso intuito che lo aveva portato a cercare fortuna nella lontana Cina, adesso sentiva che restare sarebbe stato oltremodo pericoloso e i due ragazzi, che si affacciavano alla vita, avrebbero fatto meglio a progettare da un'altra parte il proprio futuro. Soltanto che il giovane Fejbus aveva sorriso e gli aveva carezzato con tenerezza la mano, come se volesse rassicurarlo che i suoi timori erano infondati. Szaja invece era rimasto molto scosso dal suggerimento e aveva ripensato spesso a quelle parole, che avevano continuato a scavargli dentro, convincendolo sempre più della necessità della partenza.

Kishinev

Avvennero due fatti che provocarono la decisione definitiva e generarono esili di massa.

Il primo fu il terribile pogrom di Kishinev nel 1903, la cui eco risuonò nell'immaginario degli ebrei russi per molto tempo. Nel giorno di Pasqua, millecinquecento case vennero distrutte, innumerevoli furono i morti, i feriti e le donne stuprate. Se le razzie precedenti, avvenute durante il regno di Alessandro III, avevano comportato la distruzione delle proprietà, quelle degli anni 1903-1906 segnarono un'escalation di violenza lasciando centinaia di vittime sul terreno. Fu un evento talmente efferato che sembra che da lì Theodor Herzl avesse cominciato a pensare all'Uganda come rifugio temporaneo: la soluzione migliore per salvare la pelle.

Pare che il motore della strage fosse stato attivato dal ritrovamento del corpo di un giovane ucraino assassinato e dal contemporaneo suicidio, scambiato per avvelenamento, di una ragazza ricoverata in un ospedale ebraico. Un giornale antisemita cominciò a diffondere la voce che i due fossero stati uccisi dai perfidi giudei, che avrebbero usato il loro sangue per preparare le *matzot* per Pesach. Seguirono altre insinuazioni, altre false informazioni costruite ad arte.

Funziona così la macchina del fango, no?

Bastò quella scintilla di odio per far divampare la furia devastatrice.

Fu un evento talmente orribile che la notizia raggiunse gli Stati Uniti. Israel Zangwill, scrittore e drammaturgo di spicco nella Londra di fine Ottocento, nel 1908 scrisse un celebre testo teatrale, *The Melting Pot*. Immaginò che un immigrato polacco in cerca di appartenenza, giunto nell'America dei suoi sogni, si ritrovi faccia a faccia con il carnefice della famiglia, l'ufficiale incaricato di guidare lo sterminio, nella scena della resa dei conti finale. Il poeta Chaim Nachman Bialik compose il poema *Ba'Ir ha-harega*, *Nella città del massacro*, dopo aver intervistato alcuni dei sopravvissuti. Le immagini del paesaggio luttuoso che accompagnano i versi sono atroci.

Due corpi senza testa, un uomo e il suo cane, trascinati da un maiale.

Doti matrimoniali e scialli di preghiera, rotoli sacri e pergamene stracciati.

Un bambino squartato vivo prima che possa pronunciare la parola mamma.

Vite spezzate per sempre come cocci.

E Kishinev non era stato certo l'unico pogrom del periodo. Bialik condanna quel popolo inerme che si rintana nel buio della soffitta e rifiuta la lotta, che non alza i pugni e non si vendica.

Di nuovo sento il bisogno di tornare al mio presente per riprendere il respiro davanti all'orrore paralizzante, per alleggerire la tensione. Mentre scrivo, si è creata una buffa competizione tra me e mio marito, tutti e due impegnati da sempre a ricostruire le tracce dei nostri antenati, anche nel suo caso provenienti dalla Russia e sfuggiti alle stragi di quel periodo tremendo. Ogni tanto lui si affaccia sulla porta con fare corrucciato e mi osserva sospettoso. È troppo ben educato per abbassarsi a sbirciare nel mio computer, ma la mia ricerca si sovrappone inevitabilmente alla sua e la cosa lo infastidisce. A casa, negli ultimi tempi, non è infrequente ascoltare questi teatrini alla Woody Allen.

Lui: Pacchetto Amazon per te.

Io: Sì, è il mio Bialik.

Lui: Il *tuo che*?

Io: *Nella città del massacro*. L'ho comprato. Bialik.

Lui: Inutile comprarlo, era già nella libreria dell'ingresso. Pensavo che fosse il *mio* Bialik, visto che ne ho parlato io nel *mio* spettacolo (*Patrilineare*, dove Enrico cerca di ricomporre proprio le storie dei suoi familiari. Vederlo è stato per me importantissimo, non solo perché ci ha fatto conoscere. Mi ha aperto un mondo di profondità, sensibilità e spiritualità legato all'ebraismo, che io neanche sospettavo. Era il 1999).

Io: Sì, ma i *miei* parenti se ne andarono nel 1904 dalla Russia in seguito al pogrom di Kishinev. Di cui si parla *Nella città del massacro*.

Lui: Di cui ho parlato *io* nel *mio* spettacolo. Perché anche i *miei* parenti sono andati via dopo Kishinev.

Io: L'Impero russo era piuttosto popolato. Possiamo

dire che *i miei e i tuoi* parenti sono emigrati dopo il 1903?

Lui: Vabbè, vado a fare la lavastoviglie.

Io: Enrico? Te la sei presa?

Lui: Sì, cazzo! Trovati il *tuo* pogrom!

«Scappi? Vuoi sfuggire la luce e l'aria?
Fuggi pure, il cielo ti deride!
Il sole con i suoi dardi ti trafigge lo sguardo,
le acacie, coperte di fresco verde bianco,
vogliono avvelenarti con un odore frammisto di sangue e fiori,
cospargere la tua testa di petali e piume;
frammenti di vetro sulla strada dai mille riflessi,
fanno da ostacolo al tuo triste peregrinare...
Poiché Dio con mano benevola ti ha fatto due doni,
un massacro e una primavera.»

È che io da quel libro, da quelle immagini devastanti non riesco a staccarmi. È anche il *mio* pogrom. Certo, ce ne furono altri. Ma Kishinev fu la goccia che fece traboccare il vaso, esasperò anche i più passivi e moderati e servì da collante per le diverse anime dell'universo ebraico. Religiosi, sionisti, bundisti si trovarono d'accordo che era necessario dileguarsi o fare qualcosa. L'immenso oltraggio alla dignità umana portava a gridare: avanti! A prendere le armi, a non rimanere bloccati, immobili.

Restare non offriva garanzie, era come vivere sotto una cappa di piombo, agnelli tremanti in quella misera soffitta descritta da Bialik, soggetti a un pericolo costante. Essere ritenuti continui capri espiatori, contro i quali la popolazione era incitata a scaricare il malcontento per ogni genere di insoddisfazione.

Szaja era stanco di nutrirsi di inutili speranze di cambiamento, dei sogni dei visionari che desideravano fare della Palestina una patria socialista, avendo mal digerito gli insegnamenti di Marx. Stava prendendo forma quella che i sionisti definivano la seconda *aliah*, ovvero quarantamila ebrei ricchi e polacchi in fuga verso la terra promessa. Spesso però erano tornati indietro con la coda tra le gambe. Andarci significava trovarsi in condizioni rudimentali, in tende improvvisate, tra serpenti e scorpioni, e molti si pentivano amaramente della scelta, facevano dietrofront e rimpatriavano. Inoltre l'insediamento di alcune migliaia di famiglie non poteva rappresentare una soluzione reale per tre milioni di persone!

Avvenne anche un altro fatto decisivo, probabilmente determinante per la partenza di Szaja e Rojza.

Non erano soltanto gli ebrei a essere insofferenti e vessati dall'Impero russo. Da tempo si respirava un clima generale di ribellione allo zar, sfociato in contestazioni a Łódź, a Odessa, in scontri armati sempre più accesi tra operai, dissidenti e polizia. L'afflusso costante della gioventù ebraica all'interno dei movimenti socialisti aveva creato innumerevoli legami con la causa rivoluzionaria. Pur avendo motivazioni, spinte diverse e polemizzando tra loro, in competizione reciproca, avevano tutti in comune il desiderio di cambiamento. Quando cominciò a profilarsi la minaccia della guerra russo-giapponese le tensioni arrivarono all'apice, anche perché ci furono delle conseguenze rilevanti sul piano economico, che colpirono soprattutto il settore tessile, quello che riguardava proprio i bisnonni: chiusura delle fabbriche, licenziamenti, impossibilità di far arrivare le spedizioni ed entrare le merci.

Già nell'estate del 1904 era iniziata una crisi spaventosa. Questa inquietudine generale portò a un famoso sciopero.

Żyj swobodo, Polsko, żyj!

La domenica mattina del 13 novembre, nella piazza Grzybowski di Varsavia – uno dei luoghi più abitati dalla popolazione ebraica – davanti alla chiesa di Tutti i Santi, un gruppo di appartenenti al partito socialista cominciò a intonare l'inno *Warszawianka*, mentre il leader Stefan Okrzeja sollevava una bandiera rossa con lo slogan «Non vogliamo essere soldati dello zar».

Dieci persone furono uccise, quarantatré ferite e centinaia furono gli arresti. Okrzeja scampò alle retate e l'anno successivo progettò un attentato per assassinare un ufficiale di polizia a Praga. L'attacco fallì, fu condannato a morte e ucciso, diventando un martire della lotta armata.

Ci sono due *Warszawianka*: la seconda fu cantata nelle rivolte del 1905, quelle conseguenti alla famosa domenica di sangue, l'eccidio dei manifestanti avvenuto a San Pietroburgo, una sorta di prova generale della Rivoluzione successiva.

Questa è una versione anteriore, composta originariamente in francese dal poeta Casimir Delavigne, musicata da Karol Kurpiński e tradotta in polacco da Wacław

Święcicki. Venne scritta in sostegno alla rivolta di novembre, avvenuta nel 1830. Fu una ribellione armata contro il dominio dell'Impero russo in Polonia e Lituania, guidata da un gruppo di giovani cospiratori dell'accademia militare che furono subito sostenuti da gran parte della società. Nonostante diversi successi locali, la sommossa fu sedata dall'esercito e la resistenza abbattuta; ma la canzone restò nell'immaginario collettivo e diventò immediatamente un inno contro ogni forma di sopraffazione. Risuonò per la prima volta al Teatro Nazionale di Varsavia nel 1831, dove ottenne un immediato favore di pubblico e grandissima popolarità.

Il testo originale di Delavigne, poi tradotto in polacco, è molto simile alla *Marsigliese.*

Aux armes citoyens diventa *Polonais à la baïonette.*

Ma sono le parole del ritornello a colpirmi.

Polonais, à la baïonnette!
C'est le cri par nous adopté;
Qu'en roulant le tambour répète:
À la baïonnette!
Vive la liberté!

Żyj swobodo, Polsko, żyj!

Viva la libertà.

Quindi il famoso, stracitato grido del bisnonno davanti alle guardie dello zar non era una generica esternazione di coraggio, la boutade estemporanea di un giovanotto sfrontato e ribelle.

Stava cantando *Warszawianka.*

Può darsi.

Il giorno prima dello sciopero i cosacchi avevano fatto irruzione e interrotto alcuni incontri clandestini della sezione ebraica del partito socialista polacco arrestando molti componenti e dando la caccia ai fuggitivi.

Anche Szaja era finito nel mirino. Era arrivata la polizia nella ditta dove lavorava, avevano messo tutto a soqquadro cercando materiale di propaganda, prove del suo coinvolgimento. L'accusa era attività sovversiva. Per fortuna il fratello Chaim aveva fatto sparire i volantini regolarmente inviati verso occidente, mimetizzati in buste sigillate con sopra il timbro della società.

Ora, forse Szaja aveva davvero gridato «viva la libertà» in faccia alle guardie ripetendo il ritornello di *Warszawianka*, perché era idealista, perché odiava l'ingiustizia, perché anche in lui ribolliva il temperamento combattivo degli Opatowsky, tutte cause validissime; ma credo che il motivo non secondario della rapida partenza fosse il fatto che non ne poteva più dei limiti angusti di quella vita. Anche per questo, pur militando a Varsavia con il nome di battaglia materno – era noto come Opatowska, appunto – una volta dato l'addio al suo paese aveva ripreso quel Drezner dal suono meno semitico che ne avrebbe mimetizzato meglio le origini, consentendogli un più facile inserimento all'estero. Aveva lasciato dietro di sé saluti affrettati e la generica promessa di un ritorno. Ma quando? Non sarebbe stato facile. I genitori erano avanti con gli anni, c'era il rischio di non rivederli più. Aveva cercato di scacciare il pensiero, di cancellare dal cuore la visione delle facce preoccupate, di frenare i battiti accelerati dall'angoscia. Forse non aveva neanche fatto in tempo ad abbracciarli.

Può darsi.

Quanto gli era mancata la *berakha* di Srul, la benedizione. La sua mano posata sul capo, mentre la voce sussurrava commossa una preghiera. Tutte le discussioni, le incomprensioni sarebbero svanite in un attimo, sarebbero rimasti solo loro due, un padre e un figlio, le loro lacrime. Ma sparire era necessario, non poteva fare altro.

Odiato dai contadini in quanto borghese.

Odiato dagli zaristi in quanto bolscevico.

Odiato dai soldati in quanto ebreo.

Il grido di sempre, impresso nelle orecchie fin dall'infanzia. *Bei Gidov*, fuori i giudei.

Quella era la Russia, dove il contadino chiamava il proprio villaggio *mir*, mondo. Il paesaggio monotono. Vasto come un oceano, solo che il mare unisce, collega le isole con le navi, accoglie i viaggiatori sulle sue rotte. Quella sterminata terra senza strade invece divideva e basta. Ogni tanto una chiesa, fra piccole cascine di legno sparse tra gli alberi, poi più nulla. Solo bosco. Pini immobili, fitti, uguali, neri come monaci, schierati in contemplazione del cielo. A tratti un corso d'acqua, di nuovo la solitudine per centinaia di verste.

Lui sapeva che il mondo non erano quelle due case sputate nell'infinito e neanche la soffitta tetra dove i sopravvissuti del poema di Bialik si rannicchiano nell'oscurità per sfuggire all'ala fredda della morte. Era nelle lettere dell'ufficio commerciale di Varsavia, era nelle buste su cui erano scritti indirizzi stranieri, esotici, invitanti nomi di paesi e metropoli.

Budapest, Praga, Berlino.

A volte era rimasto incantato a guardare le calligrafie, a immaginare il profumo di esistenze che avvenivano lontano, a sognare a occhi aperti strade e palazzi. Buste che arrivano, lettere che partono. Questo era il fuori, dove tutto andava veloce.

In Russia il tempo scorreva lentamente. La pioggia lavava il sangue versato nelle strade, il sole tornava a splendere e tutto restava immutato.

Non aveva voluto portare con sé bagagli troppo ingombranti, il colore grigio delle cose antiche.

Voleva la frenesia jazz di città piene di traffico, incontri, distanze brevi da colmare in automobile, penne a inchiostro, letteratura, caffè, luce elettrica, politica, comizi, giornali, teatri e cinematografo.

Voleva libertà, giustizia. *Liberté, egalité, fraternité. Allons enfants de la patrie, le jour de gloire est arrivé...* Quale posto era migliore per un giovane idealista della Francia, il paese della rivoluzione, il luogo dove era stata composta *Warszawianka*?

Può anche darsi però che al di là di tutte queste nobili motivazioni Szaja fosse fuggito per un motivo più banale e prosaico: non dover fare il servizio militare, dato l'imminente richiamo alla leva in vista della guerra. Gli ebrei erano disposti a versare grosse somme pur di non essere costretti a entrare nelle fila dell'esercito russo, dove non ricevevano certo un trattamento di riguardo e restavano arruolati per molti anni.

Anche se fosse stata pura e semplice vigliaccheria, chi poteva biasimarlo?

Prima e dopo Israel

Non riesco a collocare temporalmente la morte del primo figlio della coppia. La nonna diceva che era morto *durante il viaggio*. Cosa intendeva per *viaggio*, quello dalla Russia nel carro di fieno? Una delle tappe intermedie? Il soggiorno francese stesso? Era già nato al momento della fuga, era stato un parto prematuro avvenuto nel tragitto? Era successo invece negli anni a Parigi?

Ho ritrovato negli archivi parigini il certificato di nascita di Pauline, dove si dice che venne alla luce su suolo francese nel giugno 1905. Facendo un rapido calcolo, questo significa che Rojza nell'ottobre 1904, prima della partenza, era già incinta di lei.

Il bambino morto, prima o dopo?

Sarebbe importante saperlo, certo. Ma questi pochi dati in realtà sono già elementi sufficienti ad affermare che quella partenza precipitosa non fu soltanto la cartolina stucchevole tramandata a noi nipoti, un'avventura romantica. Fu segnata dal lutto e dalla disgrazia, da uno stress ulteriore che si andava ad aggiungere allo strappo dell'esilio. Non c'era tempo per fermarsi, per elaborare. Può darsi che abbiano detto: pazienza, ne faremo un altro.

Alla fine riesco ad avere la mia risposta. Negli archivi

polacchi scopro che la coppia aveva già un figlio, nato nel 1904, l'anno della fuga. L'avevano chiamato con un nome simbolico, quello del padre di Szaja, Israel. Un omaggio, forse. Quindi i due sposi erano scappati nascosti in un carro di fieno con Rojza in attesa e in braccio un bambino di pochi mesi che non ce l'aveva fatta a superare la fatica e l'incertezza di quel viaggio accidentato.

Insieme al neonato dal nome biblico scompariva anche quel tipo di passato ebraico, che si sarebbero per sempre lasciati alle spalle.

Non so dove seppellirono il corpo: per strada, in Ungheria o in Svizzera, i luoghi dove si fermarono ripercorrendo il tragitto di Rosa Luxemburg, oppure una volta arrivati a Parigi.

Non importa. Nella loro esistenza ci sarebbe sempre stato un prima e un dopo.

Prima e dopo Israel.

Il fantasma del figlio perduto durante l'esilio si insediò per sempre nell'anima della famiglia e decise il destino degli altri. Pauline fu la prima ad aprire gli occhi nella terra della libertà. Divenne la figlia maggiore forte, funzionale, il simbolo del riscatto e della speranza nel futuro. Leale al gruppo familiare, sarebbe stata obbligata ad assumere fin da molto giovane il ruolo di genitrice dei propri fratelli.

A quel punto sarebbe dovuto arrivare un maschio, a restituire finalmente l'erede scomparso, a risarcire la perdita e a ricucire la ferita. Invece nacque Elena. Un'altra femmina. Una figlia sbagliata, nel momento sbagliato.

Una figlia inutile.

Mi torna in mente la nonna che si culla sulla sedia a dondolo, cantando la solita ninna nanna in yiddish, la stessa che le mormorava suo padre per farla stare quieta. La memoria luttuosa si impossessa dell'immagine, la modifica, deformandola in incubo.

Vedo uno spettro che dondola uno spettro.

Adesso mi sembra che tenga tra le braccia un fagotto grigio, fasciato stretto e raggrinzito, senza più vita e respiro.

E il giallo stavolta è l'ittero sul viso del bambino morto.

Jules e Rose

Parigi, nome magico: l'Eldorado, l'equivalente dell'America.

Come da tradizione a quei tempi, andarono a vivere nel Marais. Posarono la valigia contenente qualche vestito e alcuni ricordi di famiglia in rue du Temple 83, poco distante dalla sinagoga.

Il 21 giugno 1905 all'una del mattino Rojza partorì in casa una bella bambina. Il giorno dopo Szaja andò a registrarla all'anagrafe del quartiere, accompagnato da due testimoni di cui riesco a decifrare nel certificato di nascita solo il nome, Zeilich e Maurice, entrambi sui trentacinque anni, di cui almeno uno svolgeva lo stesso mestiere che faranno i Dresner: il *tailleur*. Probabilmente si trattava di amici più maturi, ormai più o meno inseriti in città, che li aiutarono nei primi tempi ad ambientarsi dopo l'arrivo.

L'impiegato chiese al bisnonno come si chiamasse.

«Jezszaja» rispose.

«Come?» fece il burocrate, aggrottando le sopracciglia.

«Jezszaja» ripeté lui in un soffio.

Il dipendente comunale di nuovo non comprese o

fece finta di non capire e sbuffò. Probabilmente era arcistufo di tutti quegli immigrati indesiderati, dai cognomi impronunciabili, che gli complicavano la giornata lavorativa. Senza neanche chiedere il permesso, scosse la testa spazientito e scrisse nel registro la prima cosa che gli venne in mente: Gilles. Szaja stava per dire che aveva sbagliato, *no, scusi, quello è un errore*, ma un amico che l'aveva accompagnato, facciamo finta che fosse Maurice, gli afferrò la manica. *Lascia perdere. Meglio così.* Per questo, quando l'impiegato sollevò per la seconda volta lo sguardo annoiato e ostile e domandò come volessero chiamare la neonata, il bisnonno rispose senza esitazione: «Pauline». Non Perel, il nome della madre di Rojza, come avrebbero voluto lui e la moglie.

Szaja diventò Gilles, poi cambiato in Jules, Rojza Rose. Nel certificato viene definita *couturière*. Drezner si addolcì in Dresner. Questo fu il loro ingresso nella società francese.

Abitare nei pressi del Pletzl, in yiddish *piccolo posto*, una specie di ghetto ricostruito tra rue des Rosiers e rue des Francs-Bourgeois, aveva i suoi vantaggi: era il punto di ritrovo e di raccolta di chi svolgeva mestieri ebraici, dove si poteva sperare di incontrare altri profughi o ritrovare qualche parente. Stare vicino a correligionari era importante per costruirsi una rete di appoggio e di sostegno, ma significava anche restare legati a un passato senza gioia, risentire il morso dell'esilio. Avranno scritto lettere e cartoline a casa, guardandosi bene dal far trapelare l'ansia che li divorava, la paura di non farcela? Tutti questi sentimenti erano scomodi, andavano negati, agli altri e a se stessi. Bisognava pensare a cavarsela, procedere un passo dopo l'altro, concentrare le energie sul quotidiano. Vedere il bicchiere mezzo pieno. Come potevano lamentarsi delle difficoltà, delle ristrettezze, dato che sicuramente erano dei privilegiati che si erano lasciati l'inferno alle spalle, abbastanza fortunati da essere fuggiti portando in salvo la vita?

Probabilmente lavoravano a domicilio, nella loro abitazione. Gilles prendeva le misure ai signori perché non stava bene che lo facesse la moglie, Rose cuciva. Era il prezzo della transizione da un mondo all'altro, fare il mestiere che capitava.

Può darsi che il gabinetto fosse nella corte, che non ci fosse acqua corrente.

Può darsi che si cucinassero un pasto caldo sulla stufa, che le due stanze dove abitavano fossero piene di muffa e mal riscaldate.

Ho provato a fare ricerche su quel periodo, ma è come cercare una goccia nell'oceano. Doveva essere difficile barcamenarsi tra il disprezzo, le barriere linguistiche, gli ostacoli amministrativi, l'isolamento. Tutti i mali che affliggono i migranti anche ai giorni nostri. Il rischio era di finire in un nuovo ghetto di disgraziati. Chi proveniva dagli shtetl della Russia non trovava quella che si dice una calda accoglienza da parte degli ebrei parigini, che si sentivano in primo luogo francesi. Anche quando era scoppiato l'affare Dreyfus, avevano sì reagito all'ingiustizia, ma in quanto cittadini leali ai principi del 1789 che vedevano calpestati dal processo, non come parte veramente in causa. Erano soprattutto emancipati, se non assimilati, forse legati alle tradizioni in alcuni casi, ma certamente non ortodossi. Coloro che arrivavano dall'Europa dell'Est venivano guardati con freddezza e sospetto. Appartenevano a un vecchio universo che puzzava di *kugel* e *borscht*. Non c'era ancora alcun sentore di conversione alla causa del nazionalismo ebraico, anche se in seguito, proprio con l'arrivo dei comunisti e dei sionisti dalla Russia, dei portatori di ideali socialisti, il panorama identitario parigino cominciò a prendere una forma più mossa e articolata, meno omogenea. Iniziarono a formarsi circoli di attivisti, di fedeli al Bund, che parlavano soltanto yiddish. In seguito avvenne un recupero anche dell'ebraismo religioso e la perdita delle origini cominciò a essere percepita come dolorosa e inaccettabile, quando anni prima era considerata normale, perfino auspicabile.

Una figura chiave in questo senso, utile per capire la psicologia e i conflitti legati al passaggio alla modernità, fu lo scrittore che ho già citato, Israel Zangwill, che viveva in Inghilterra ma era noto e stimato anche in Francia. Pubblicò un'opera letteraria che ebbe grande diffusione, *I sognatori del ghetto*. In un racconto di questa raccolta, un figliol prodigo che si è allontanato dall'ebraismo torna a far visita ai genitori a Venezia. È la notte di Pesach. Il padre, molto devoto, sta celebrando il *seder*, la cena rituale. A un certo punto viene cantata la famosa canzone del capretto, *Chad gadya*, e il figlio prende atto del vuoto e della superficialità della sua vita assimilata, confrontata con il calore che proviene dall'appartenenza al popolo. Vorrebbe farne parte, ma al tempo stesso si sente estraneo. È ormai diventato un prodotto ibrido del suo tempo, non c'è via di ritorno. Alla fine della storia il protagonista si suicida gettandosi in un canale con le parole dello Shemà Israel, il credo ebraico, sulle labbra.

Tornando alla nostra coppia di ventenni, provati dall'espatrio e lontani da casa, altre tensioni interne dunque si aggiunsero al già difficile cammino dell'integrazione in un altro paese. Erano combattuti tra chi erano, tra mantenere le radici e mimetizzarsi il più possibile nel nuovo ambiente che li circondava. Per resistere erano costretti a un continuo gioco di destrutturazione e ricostruzione, *come una bambola matrioska*. Una foto d'epoca di Rose mostra una donna magra, avvolta in uno scialle di lana con una fantasia di rose stilizzate. Una donna con gli zigomi alti e il volto affilato, impenetrabile, quasi inespressivo. Nonostante il vestito nero e lo sguardo austero da posa ufficiale, le resta un'aria popolare, da sartina. Lo scialle a fiori così etnico, così tipico, denuncia la sua origine. È una sfida e grida l'identità straniera. Mia madre mi ha sempre detto che era molto severa, che le diceva di stare dritta, di non piegare le spalle, che le spazzolava energicamente i capelli e glieli pettinava fino a strapparglieli con un pettine d'osso (un cimelio che era appartenuto allo zar, assicurava pomposa mia nonna) per una mania dell'ordine e della pulizia. *Il portamento. La testa alta*. Ecco, i Dresner le spalle non le piegavano mai, anche se i pesi da portare erano la persecuzione, la lontananza, il rifiuto. Ricacciavano dentro il dolore e proseguivano. Anzi, sembrava quasi che con queste difficoltà andassero a nozze, che i problemi della vita li fortificassero, piccoli Giobbe in rivolta col destino, che alla fine riuscivano pure a prendersi gioco degli eventi. Proprio in virtù di quel portamento eretto, ce la facevano sempre ad avere la meglio sul male o sul caso. Eppure nel volto della bisnonna leggo i segni tipici della depressione. Il marito, con i suoi cinque anni in meno, partiva con il vantaggio del genere e della giovinezza: era un maschio, vitale, intraprendente, cavalcava l'avventura con l'incoscienza tipica dei ventenni. Lei era già adulta, già madre. Più definita, più religiosa. Aveva appena avuto una bambina, dopo la morte dell'altro figlio. Con quali garanzie? Volevano costruire una famiglia per affermare la propria esistenza in un luogo sconosciuto, per scacciare lo spettro della povertà e dell'infelicità, per incoraggiarsi; ma le fondamenta erano instabili e poggiavano sul caos. Come ci si sente a smarrirsi, a essere cacciati con violenza da un paese dove probabilmente non si tornerà mai più? Ad abbandonare gli oggetti, la casa, gli odori, a lasciare le persone a cui vuoi bene? Forse questa continua perdita può iscriversi nel DNA, tramandarsi di generazione in generazione, può portare alla dispersione, alla follia o a quel senso di devastante solitudine che sembra aver pervaso la vita di mia nonna?

Nel giugno 1907 Rose rimase di nuovo incinta. Con Pauline di due anni e un altro figlio in arrivo la vita a Parigi si complicava ulteriormente. Per fortuna una parte della famiglia Opatowsky era arrivata a Nancy e tra i parenti c'era anche il cugino Fejbus. Il ricongiungimento familiare alimentò un filo di speranza e motivò la decisione di abbandonare la capitale e trasferirsi nella più quieta provincia, durante gli ultimi mesi della gravidanza. A Nancy ai primi del secolo erano arrivati molti profughi polacchi, che avevano fondato associazioni culturali in yiddish e perfino una loro sinagoga. In più, nella zona era più facile trovare lavoro, le industrie tessili cercavano mano d'opera. *Altra partenza, altro trasloco.* Mi chiedo se in quel giugno 1907 la nonna sarà stata concepita in un momento di felicità o di tristezza. Sarà stata un incidente di percorso o una decisione condivisa e auspicata, nella speranza che nascesse il tanto atteso erede maschio? Sarà stata una gravidanza difficile, un parto complicato? Dal certificato di nascita si scopre che avvenne in ospedale. Erano subentrate complicazioni? Quanto ci restò? Abbastanza per interrompere il legame con la madre, per sentire una mancanza di contatto, di corpo e di pelle? Sicuramente l'arrivo di un'altra bambina si preannunciò come un fallimento programmato, provocò in Rose una notevole delusione e acuì il senso di frustrazione e sconfitta. La nonna fu da subito un gattino mal leccato, separata troppo presto dal seno e passata a quello della tata. Una neonata che non ebbe la possibilità di ritrovare se stessa nel volto materno e rimase senza specchio.

Può darsi.

Che piangesse e non arrivasse nessuno a sollevarla.

Spalancava la bocca in cerca di aria e gridava finché la testa si metteva a pulsare per lo sforzo, la gola le doleva. Smetteva e irrigidiva il corpicino, torturato dal desiderio e dalla nostalgia. A volte invece arrivavano braccia forti ad avvilupparla. Allora percepiva il sollievo della carne viva a contatto con la sua, il latte tiepido che fluiva nella sua bocca avida, la gioia di vivere che restituiva una pace momentanea. Percepiva il battito del cuore della nutrice, che sostituiva quella relazione che avrebbe dovuto rappresentare una continuità rassicurante con l'utero della madre. Finiva per addormentarsi, in una smania crescente, quando l'urina calda e acida le si attaccava al corpo irritato. Sapeva già bene cosa fosse la vita: un'esperienza di isolamento spaventoso, dove nessuno avrebbe risposto ai suoi segnali, intrisa di dolore.

Fin dalla nascita il suo destino era segnato: era stata selezionata tra i figli sbagliati.

Dopo un anno trascorso a Nancy, la famiglia si diresse a Darmstadt, dove sostò tuttavia solo pochi mesi. Lì, in Assia, tra Francoforte e Heidelberg, era andata a vivere Berta, una sorella del bisnonno. Era un centro artistico importante per il movimento Jugendstil, la versione tedesca dell'Art Nouveau. Vi si trovava una comunità di circa duemila ebrei, in gran parte immigrati dall'Europa dell'Est.

Darmstadt, tuttavia, non era certo immune dall'antisemitismo. Anzi, fu la prima città tedesca a costringere i negozi ebraici alla chiusura all'inizio del 1933, poco dopo che i nazisti erano saliti al potere in Germania. Gli esercizi furono chiusi solo per un giorno «perché mettevano in pericolo l'ordine e la tranquillità del comune». Fu anche tra le più attive nel praticare misure persecutorie e aggressive: nel 1938 le due sinagoghe furono bruciate, i rotoli della Torah distrutti e i rimanenti ebrei furono deportati già a partire dal dicembre del 1940.

Ai primi del Novecento, tuttavia, era un capoluogo raccolto e signorile. Di certo, non una città economica. Bisognava essere benestanti per abitarci e i Dresner all'epoca non avevano abbastanza denaro per soggiornarvi a lungo. Che vi si fossero recati per salutare Berta, o perché speravano di trovare un impiego in pianta stabile, si trattò di una toccata e fuga, di un buco nell'acqua.

A quei pochi mesi trascorsi in città risale una fotografia di Pauline, quattro anni, e Elena, un anno. Forse è un'immagine commissionata, pensata con lo scopo di essere donata ai parenti in ricordo: incorniciata e posta accanto ad altre simili, magari in camera da letto, per incarnare la memoria della famiglia lontana.

Le sorelline indossano vestitini sobri, adeguati alla posa anche se modesti.

È come se però appartenessero a due emisferi diversi e a due luci distinte.

Elena, sulla destra, è una bambina solare, biondissima. Si intuisce che stare immobile sullo sgabello dove l'hanno piazzata le risulta difficile. Avrebbe voglia di sgambettare, di afferrare oggetti e acchiappare farfalle con le manine paffute. Sì, è in carne. Ha delle belle braccine piene, si vede che è stata nutrita da una balia che ha offerto il seno con generosità, fornendo un latte sostanzioso, di qualità soddisfacente.

Ma soprattutto ha un corpo reale, una fisicità effettiva, che si fa sentire, mentre l'attenzione di chi osserva l'altra bambina sulla sinistra si concentra sul volto assorto e impassibile, che pare uno di quei ritratti opachi di un medaglione dedicati a un defunto. A colpirmi è un dettaglio apparentemente irrilevante, le dita di Pauline che si stringono intorno alla veste di Elena, quasi a impedirle di cadere dal trespolo dove è stata sistemata in equilibrio precario.

Una cautela spontanea o indotta dai genitori? In ogni caso, la maggiore riconferma il suo ruolo materno e accudente dei più piccoli. È già una donnina responsabile. Quando nascerà il fratellino, le sue cure dovranno essere rivolte subito al neonato, senza soluzione di continuità.

È una fotografia strana, dove regna il silenzio. Se accosto l'orecchio non percepisco neanche i pensieri, neppure i respiri delle due bambine, intirizzite nella gravità della posa. Un silenzio che rimbalza sulle colonne e sul pavimento freddo di marmo dell'atelier di Albert Fraatz, fotografo specializzato in scatti artistici, nel cui studio passano a farsi immortalare coppie appena sposate, soldati, signori borghesi baffuti, neonati e ragazzini vestiti alla marinara, la fauna della fiorente società tedesca cittadina.

Insomma, anche se il viaggio si era rivelato un fallimento dal punto di vista delle prospettive di lavoro, doveva perlomeno restare un souvenir gratificante: una contemplazione narcisistica della famiglia che rispolverava l'ego riflettendosi in un gesto autocelebrativo, seppure della durata effimera di un fotogramma.

Tornati in Francia, scelsero Reims, dove si stava affermando l'industria della lana e dove probabilmente

Fejbus aveva dei contatti utili, dato il mestiere del vecchio patriarca Opatowsky, specializzato in filati.

La città, dal 1871, si era ripopolata di ebrei provenienti soprattutto dall'Alsazia e dalla Mosella. Non si trattava di una comunità grande, ma importante, gestita da un rabbino carismatico, Joseph Hermann. Ebrei erano anche i proprietari della fabbrica tessile dove Jules trovò impiego come contabile e corrispondente per l'estero, la Dreyfus et Moch, che si occupava di manufatti.

Uno dei due soci, Moch, si chiamava in realtà Fernand Braumann e aveva una storia curiosa. Era stato adottato da Samuel che aveva sposato sua madre, dopo che il marito di lei era scomparso in giovane età. Il patrigno aveva riconosciuto l'orfano come suo diretto successore al posto del figlio legittimo, diseredato con ignominia per aver sposato una cattolica. Fernand aveva rilevato la ditta dopo la sua morte e aveva contribuito a dare slancio all'azienda portando il commercio lontano, ben oltre i confini della Francia, arrivando fino a Melbourne e a Sydney in Australia.

Nel curriculum del bisnonno appaiono diverse trasferte nelle filiali di Rubaix e Turcoing, al confine con il Belgio, dove veniva inviato a supervisionare i conti e controllare i registri. Per lui fu un momento di passaggio importante: recuperò dignità e autostima, abbandonò il mestiere di sarto per uno a lui più congeniale, più vicino ai suoi studi e alle sue esperienze. Probabilmente approfittò degli spostamenti in Europa per consolidare rapporti diplomatici, per fare conoscenze utili. Quell'impiego di contabile servì a rimettere in moto energie e ambizione. Ritrovarono un po' di stabilità economica. Il 5 aprile 1910 finalmente nacque Albert, il bambino riparatore, in grado di riaccendere speranza. Avrebbero potuto iniziare una vita normale.

A riprova dell'equilibrio raggiunto, appare un'altra fotografia, stavolta scattata in un giardino, dove la coppia di sposi per una volta sorride. Sono spontanei, ancora complici e innamorati, irradiano giovinezza: lei trent'anni, lui venticinque. Sono abituata a una Rose rigida, accigliata. Per un attimo infatti non la riconosco. Indossa uno scamiciato fantasia semplice ma elegante, ha i capelli tagliati corti secondo la moda francese: Jules invece una *kosovorotka*, la tipica casacca russa fermata in vita con una cintura. Sembrano spensierati, leggeri ma anche concreti. Non brancolano più nell'esilio come fantasmi anonimi. La presenza dei cugini Opatowsky in Francia ha portato un profumo confortante di casa, permettendo di riannodare rapporti affettivi con il passato, di riprovare l'orgoglio dell'appartenenza. Lui le cinge la spalla con fare protettivo, lei guarda sbarazzina in camera. Forse una fotografia rassicurante da spedire ai familiari?

Nel 1912 però l'azienda tessile cambiò gestione. Moch, dopo lo scioglimento della società con i fratelli Dreyfus, scelse come partner Odelin, un lavorante cattolico promosso a socio: era quello che ci voleva per entrare nelle grazie della clientela benpensante, segno che per una fabbrica di connotazione interamente ebraica all'epoca non era facilissimo portare avanti gli affari a Reims. In seguito l'attività venne trasferita a Parigi e la sede originaria fu chiusa. Intanto il bisnonno, forse proprio grazie a quella rete di relazioni che si era andato costruendo, aveva già trovato un altro impiego come traduttore di lingue slave per il Tribunale di prima istanza. Ma con la famiglia che si allargava c'era bisogno di fare un salto di qualità. Si fece raccomandare dal console russo, un certo Alexandre Henrio, per ottenere un lavoro altrove. Non sappiamo perché la preferenza cadde proprio sull'Italia, se fu un caso o una scelta ragionata. Era una nazione che aveva da tempo abbandonato la scena della storia, ma che era tornata in gioco durante la guerra franco-austriaca lottando per la propria indipendenza e in cui il Risorgimento aveva riportato alla luce valori di uguaglianza e libertà guadagnandosi simpatie oltralpe. Valori a cui non si poteva restare indifferenti e che l'avevano ricollocata nella lista delle destinazioni possibili e auspicabili per gli ebrei. La lettera di presentazione del console è del 4 gennaio 1912, a marzo Jules si è già trasferito a Milano, inserito nel settore conti correnti di una delle banche più importanti d'Italia, il Credito Italiano, nato nel 1895. Un istituto che si contraddistingueva per spirito di intraprendenza e innovazione, con la vocazione di espandersi all'estero.

Anche stavolta bisognava partire leggeri, perché non sapevano che cosa li attendesse. Rose avrebbe lavorato come sarta presso alcuni clienti privati, non poteva portarsi dietro tutti e due i bambini piccoli, di cui una, mia nonna, particolarmente vivace e inquieta.

Andava fatta una scelta salomonica.

Lasciarono a Nancy dal cugino Fejbus la figlia inutile, ritenuta sacrificabile, e partirono per ricominciare una nuova vita.

III

IN ITALIA!

No, il destino dell'uomo non è il suo carattere, il destino dell'uomo è lo scherzo che la vita fa al suo carattere.

PHILIP ROTH, *Operazione Shylock*

Giulio e Rosa

Giulio iniziò a lavorare al Credito Italiano il 14 marzo 1912, lo stesso giorno del mio compleanno. Prendo la coincidenza come un segnale favorevole, un barlume di sollievo anche per me, alle prese con la scrittura complicata di questo ritratto familiare. È da giorni che sono immersa in questa storia. Confesso che spesso devo interrompermi o sospendere le ricerche per l'ansia che mi generano tutti questi episodi così drammatici. Rimetto a posto un cassetto, porto fuori il cane, mi dedico a una ricetta per la cena: devo scaricare la tensione. Non è una visita asettica, neutra, al museo dei ricordi. Questa indagine ha implicazioni profonde e si elaborano lutti antichi di altri, ma anche miei. Nei momenti peggiori ho caldo, freddo, voglia di fumare, prendo lo Xanax, mi risiedo alla scrivania, piango da sola, mi salgono i brividi lungo la schiena. Mi sembra di ricadere in un vecchio pantano di solitudine e di dolore, mi chiedo chi me lo fa fare di andare a ripescare eventi e situazioni che potrei risparmiarmi. Cerco di considerare i familiari oggettivamente, come personaggi di una trama, ma i loro drammi penetrano sottopelle, causano malessere e stanchezza. Mi sento una mosca prigioniera di un'invisibile ragnatela di cui sono anche il ragno, l'artefice. Mettere nero su bianco questi avvenimenti, tentare di cogliere con un unico colpo d'occhio la visione completa mi spossa. Sentire l'impatto di tutte queste vicende storiche e personali, che torna indietro come un boomerang e rimbalza nello stomaco, mi provoca angoscia e devo allontanarmi, sopraffatta dal carico troppo pesante delle emozioni. Accolgo quindi con entusiasmo il primo spiraglio positivo, la notizia dell'assunzione di Giulio, e mi ritrovo a fare di nuovo il tifo per la famigliola polacca che arriva fiduciosa in Italia, lasciando per adesso tra parentesi il fatto che abbiano abbandonato crudelmente mia nonna.

Il bisnonno aveva ventisette anni, traboccava di energia e di determinazione. Ci mise poco ad ambientarsi nel luogo di lavoro a Milano e a farsi notare nella comunità ebraica cittadina. Mi sorprende ancora una volta la capacità di arrangiarsi, la rapidità di trasformazione. Era un bel salto per gli esuli che fino a qualche anno prima vivevano nel Pletzl, il ghetto dei disperati di Parigi.

In un numero del *Corriere israelitico*, il periodico mensile «per la storia e la letteratura israelitica e per gli interessi del Giudaismo» pubblicato a Trieste dal maggio 1862 all'aprile 1915, viene riportata la notizia dell'elezione di Giulio a consigliere del gruppo sionistico milanese nel gennaio 1913, appena un anno dopo il suo arrivo. Nello stesso articolo viene descritta una serata tipica dell'associazione: dopo un'interessante conferenza sull'XI Congresso di Vienna avvenuto un anno prima – nel quale tutti i dibattiti erano stati tenuti in ebraico, segno che la lingua era elemento imprescindibile dalla rinascita di una cultura libera da ingerenze esterne – era seguito *un riuscitissimo concerto teatrale e musicale*, che aveva visto protagonisti Rina Franco, i giovanetti Ruggero Sabbadini, i fratelli Foà e per la parte vocale Olga Coen, *apprezzatissimo soprano e il valente baritono* signor Giulio Luzzatto.

Nomi che non mi dicono molto, ma che rafforzano la sensazione che Giulio grazie alla sua intraprendenza avesse in poco tempo stretto rapporti, creato relazioni, che frequentasse un ambiente borghese, signorile e raffinato, e ci si fosse trovato a suo agio da subito. Pauline, divenuta Paola, si era iscritta al Conservatorio, suonava il pianoforte e studiava canto lirico.

L'articolo prosegue dicendo che il ricavo della *simpaticissima serata* sarà devoluto in beneficenza a favore dei correligionari oppressi; ma poi l'autore sente il bisogno di fare una precisazione polemica:

> Non saremmo però sinceri se a queste nostre impressioni non facessimo seguire ciò che realmente pensiamo dell'opera svolta da questo gruppo sionistico. È certo che se del sionismo si vuole attuare il programma minimo, se lo si vuole ridurre alla concezione di un dovere e svolgere nella sola sua parte materiale si può senza tema di contraddizione affermare che non esiste in Italia un gruppo che renda più di quello di Milano. Ma se del sionismo si vuole attuare il programma massimo, se lo si vuole abbracciare nel suo ideale senza restrizioni è d'uopo dichiarare che l'opera è insufficiente. Se questa voce

> non venisse raccolta noi non la lanceremmo: ma siamo certi che essa avrà un'eco anche nel consiglio stesso del gruppo. Noi conosciamo bene, se non gli individui, le tendenze qui predominanti e siamo certi di rispondere sufficientemente a tutto assumendo:
> I Che i fatti storici verificati e verificantisi non sono per nulla d'inciampo all'ideale sionistico né ai sionisti;
> II Che chi rinuncia all'ideale sionistico per il semplice motivo che dove è si trova relativamente bene è per lo meno un infingardo;
> III Che un ideale costa sempre dei sacrifici e rinunciare a quello per esonerarsi da questi vuol dire non avere altro che fini interessati.

La critica di chi scrive tocca un nodo centrale, un nervo scoperto del dibattito in Italia. Si trattava di un fenomeno relativamente recente che aveva cominciato a circolare in seno all'ebraismo italiano dalla fine dell'Ottocento, alla vigilia del Primo congresso mondiale, quando proprio il *Corriere israelitico* ne aveva pubblicato l'annuncio e il programma. Nella stragrande maggioranza dei casi i sudditi del regno non ne furono infervorati. Un movimento che, all'indomani dell'emancipazione, poneva come cardine del proprio programma la creazione di una sede nazionale lontano, metteva in crisi certezze e la convinzione che gli ebrei, al pari degli altri concittadini, avessero guadagnato piena parità di diritti. Per loro l'antisemitismo non esisteva. Quindi, all'inizio venne considerato una corrente filantropica più che un'organizzazione politica o una missione, dettata più dalla solidarietà verso i fratelli perseguitati alla ricerca di una patria che non da un'esigenza di ritornare all'antica terra dei padri. Anche su questo termine – *filantropico* – ci sarebbe molto da scavare, perché sembra contenere un giudizio sprezzante o comunque riduttivo, come se gli italiani pensassero soltanto a lavarsi la coscienza inviando qualche *shekel* in Palestina. Bisogna però considerare i contesti storici. La sensibilità di un ebreo russo o tedesco che venivano discriminati nelle loro terre d'origine era diversa da quella di un italiano, appena uscito dal ghetto, desideroso di diventare parte integrante del paese. Per lui era sufficiente salvare i fratelli perseguitati nell'Europa dell'Est facendo arrivare soldi a Vienna, sede del Piccolo comitato d'azione. Le motivazioni personali per recarsi in Palestina erano fragili, sia per le ragioni che ho citato prima, ovvero che era un territorio aspro e difficile, sotto il dominio turco, sia perché non si sentiva un bisogno effettivo di partire, non si percepiva un immediato pericolo, a parte un generalizzato sentimento giudeofobico dato dalla natura cattolica dell'Italia.

In seguito, proprio in base a questo dualismo di vedute, avverrà una spaccatura interna in seno all'ebraismo, evidente nel Convegno di Livorno del 1924. La critica dell'articolo però è ancora più sottile, forse più ampia, e riguarda un certo modo irresponsabile di vivere l'impegno ebraico in generale. C'era infatti chi, come il cronista, riteneva fallito il sogno dell'emancipazione, considerava la parità vera solo sulla carta e condannava l'illusione che aveva portato molti ad abbandonare le radici o a viverle in modo superficiale: per non subire gli effetti del pregiudizio o per fare carriera e occupare posizioni di prestigio nella vita pubblica, si erano venduti, convertiti e assimilati senza pensare alle conseguenze devastanti sul piano dell'identità. E per ottenere cosa, poi? Una parziale uguaglianza. Davanti al senso di tradimento provato, alle promesse non mantenute, l'unica soluzione sembrava riaffermare la propria diversità con orgoglio e partire per la Palestina, un luogo dove poter essere accettati senza doversi camuffare da anonime controfigure.

Probabilmente nel 1913 Giulio, appena arrivato, si riconosceva, almeno concettualmente, nei sionisti d'azione. Del resto proveniva da quel ramo lì, i rivoluzionari.

Sostenne infatti coloro che avevano affisso in città manifesti di protesta in difesa del povero compagno Belis, processato vilmente dalle autorità giudiziarie russe sotto l'assurda accusa di omicidio rituale, in nome della libertà e del progresso.

> Cittadini! Agli italiani tutti noi rivolgiamo l'appello di unirsi a noi nella protesta per l'infame calunnia. Alla libera vostra coscienza sempre pronta a insorgere contro ogni vigliacca sopraffazione noi chiediamo il vostro appoggio morale. Contro il colosso reazionario, contro la Russia, coi deboli coraggiosi, cogli stranieri senza difesa di ogni infamia provocatrice, in nome del diritto delle genti, in nome dell'incolumità della vita umana, insorge il Sionismo italiano.

Negli anni successivi il bisnonno più di una volta prenderà posizione contro gli italiani amorfi e senza polso, poco propensi a dare un'impronta nazionalista o umanitaria alle loro comunità, soprattutto poco inclini a imparare l'ebraico che lui insegnerà ai giovani privatamente, nel proprio appartamento.

È anche vero che, a differenza di altri parenti poi emigrati, non mi risulta che i coniugi Dresner abbiano mai accarezzato l'idea di recarsi in Eretz Israel, nemmeno quando furono costretti all'espatrio. E anche questo sarà un argomento su cui tornare.

Tuttavia, in questa fase della loro vita, nella quale avevano cominciato a intravedere un minimo di stabilità economica e di relativa serenità, non me la sento di giudicare Giulio e Rosa, tanto meno di inserirli nel gruppo degli *infingardi*, degli opportunisti, come fa l'autore dell'articolo nella sua polemica. Lasciamo loro godere il concerto al pianoforte, le arie cantate, il tè e i pasticcini per le signore e il cognac con un sigaro per gli uomini riuniti a fumare dopo la *simpaticissima serata*. Sicuramente la loro posizione ideologica di fondo era diversa da quella degli amici milanesi. Avevano conosciuto i pogrom, avevano davvero dei familiari in pericolo a cui il pensiero andava di continuo, temevano per la loro distruzione fisica, non era soltanto, come per il giornalista in questione, un problema di decadimento morale.

Ma per un attimo facciamoli respirare in pace, al sicuro, permettiamo loro di rilassarsi e sentirsi integrati invece che alieni e diversi, protetti dalle mura di quel salotto borghese, lontani dal sangue versato.

L'accordo che la banca aveva fatto con Giulio per garantirgli lavoro e possibilità di carriera comprendeva la clausola che fosse disposto a spostarsi e a viaggiare. Forse la direzione sentiva il bisogno di verificare il talento e le attitudini di quel giovane promettente, apparso all'improvviso. Di sicuro aveva fatto colpo perché dotato di una forte personalità che gli era valsa immediatamente il soprannome indicativo di «piccolo Lenin». Tenace, intelligente, ambizioso, certo; ma doveva essere ancora testato sul campo dell'esperienza e della fiducia, tanto più in un'Italia che temeva il pericolo rosso dei bolscevichi. Così già nel 1914 la famiglia dovette rifare le valigie e trasferirsi al Sud, a Catania, dove il bisnonno cominciò a lavorare negli uffici della corrispondenza estera della filiale, in virtù delle molteplici lingue parlate. La sede era importante ed era stata aperta proprio nello stesso anno; come vicedirettori furono inviati funzionari esperti, Ernesto Tucci e Giuseppe Pietro Veroi (che diventerà in seguito amministratore delegato del Banco di Roma). La città poi era rilevante dal punto di vista economico, centro di sbocco di prodotti industriali e svincolo ferroviario di interesse nazionale, caratteristiche che le valsero il soprannome di Milano del Sud. Il Credito Italiano vi mandò alcuni tra i suoi uomini migliori. Per Dresner, significava la possibilità di fare una gavetta di alto livello, di accedere a posizioni di maggiore prestigio; era normale per chi voleva fare carriera essere spostato da un posto all'altro per acquisire esperienza.

Di nuovo bagagli, però stavolta con un'altra motivazione. Adesso era diverso, c'era l'incentivo della speranza a incoraggiarli.

Anche se la loro abitazione era arredata con mobili sgangherati, di recupero.

Anche se usavano le cassette di arance e di limoni di Sicilia, rimediate al mercato, al posto dei comodini.

Anche se a Paola veniva proibito di uscire da sola, perché alle belle signorine poteva succedere qualcosa di spiacevole in quel luogo *primitivo*.

Anche se il cibo arrivava dalla finestra, in un paniere tirato su con le funi, coperto da un fazzoletto per non prendere polvere.

Eppure non mancavano mazzi di fiori freschi, vestitini dignitosi ricamati da Rosa per i figli, foglie di agrumi a profumare e a decorare la tavola. A cena non si mangiava direttamente sul piano di legno, ma su una tovaglia bianca di bucato e Giulio usava il suo personale coltello che lui stesso provvedeva a lucidare.

Come se sentissero il bisogno di ingentilire la miseria, di dare dignità alla condizione precaria, di non darla vinta alla fatica: *indietro non si torna*. Quel vedere il bicchiere mezzo pieno, il famoso spirito dei Dresner che animava anche la nonna, spronandola a non arrendersi nelle situazioni difficili.

Il 3 marzo 1916 Giulio fece domanda «di vestire la divisa italiana come volontario». Questa informazione mi lascia perplessa. Nel febbraio di quell'anno i tedeschi avevano attaccato la zona fortificata di Verdun, costringendo i francesi a logorarsi nella difesa. L'Italia, dopo aver cambiato rapidamente alleanza ed essere passata alla Triplice intesa, adesso, dopo quattro tentativi di superare il fiume Isonzo ed entrare in territorio austro-ungarico, concentrava l'attacco nel Carso, sulla direttrice per Gorizia. Costò la vita a migliaia di uomini, mentre le pessime condizioni atmosferiche peggioravano ulteriormente la vita in trincea. Pidocchi, mutilazioni, assideramenti, sporcizia, morte quasi certa attendevano i combattenti. Mi chiedo cosa abbia spinto il bisnonno, appena arrivato a Catania, in un'ottica di costruzione e di fuga dall'inferno dei pogrom, a presentare questa richiesta impegnativa. Che comunque, essendo cittadino straniero, fu negata. L'avrà fatta per pura formalità, per guadagnare punteggio, per mostrare buona fede e spirito patriottico, ben consapevole che il gesto non avrebbe portato a un buon esito, a una conseguenza effettiva?

Il trascorrere del tempo comunque diede loro ragione, quella a Catania fu soltanto una fase transitoria. Giulio aveva superato la prova. Si era distinto, era passato rapidamente dalla corrispondenza estera ai conti correnti ed era diventato infine capo contabile. Considerato ormai pronto, nel luglio 1916 venne richiamato in sede a Milano ed entrò nell'ispettorato della direzione centrale. Da lì iniziò una folgorante ascesa: nel 1921 ispettore principale, nel 1923 vicedirettore addetto con mansioni ispettive.

A questo punto si poteva tirare il fiato e riprendere la bambina inutile lasciata a balia a Nancy.

Affermare uno status sociale, diventare visibili e riunire la famiglia.

La fotografia

La prima fotografia di Elena tornata a casa la ritrae insieme a Paola e Alberto e racconta molto della suddivisione dei ruoli assegnati ai figli all'interno del nucleo familiare. La maggiore sta in piedi dietro i fratellini, ha un grande fiocco bianco tra i capelli e un colletto bianco ricamato. Tiene in mano un libro, Kinnor Ziyon, uno dei testi pubblicati da Tushia a Varsavia, un regalo di Fejbus prima della partenza dalla Francia; si tratta probabilmente di un volumetto di poesie o di canzoni sioniste in ebraico, dato che c'è sovrastampato il simbolo di un'arpa. Lo esibisce come segno distintivo della famiglia. È lei che deve portare avanti l'eredità Dresner e tenere alta la bandiera all'esterno. È la figlia affidabile, piegata al volere dei genitori, forgiata per essere una risorsa, non un peso.

Alberto, sei anni appena, vestito da marinaretto, ha la mano posata sul manubrio di un triciclo: un bambolotto adorabile, coccolato da tutti. Anche lui porta al collo una catenella con un maghen david d'oro luccicante.

A destra, seduta su una poltroncina di vimini con le gambe incrociate e un vestiario più anonimo, sta Elena. In grembo ha una chitarra per signorine, nessun segno distintivo che riveli l'appartenenza a una fede. È molto smagrita, anche se l'ovale resta tondo, quasi paffuto, simile a quello di Giulio, mentre gli altri due hanno preso i tratti affilati della madre. Tutti e tre i bambini sono seri, consapevoli dell'ufficialità della posa, ma lo sguardo di Elena, appena arrivata da Nancy, è distante, spaesato: *un cuore in esilio*. Rivela le conseguenze dell'estraneazione cominciata nell'infanzia. L'alone di luce che la circondava nella fotografia di Darmstadt si è oscurato.

Trovo interessante l'attribuzione degli oggetti.

Per Paola e Alberto simboli religiosi, per la nonna uno strumento musicale.

I due fratelli erano stati educati da ebrei. Elena no. La balia che le aveva fatto da mamma l'aveva allevata da cristiana, abituandola a quelle usanze che durante l'infanzia costituiscono fonte di divertimento e di gioia per i più piccoli: fare il presepe e mettere la statuetta di Gesù nella mangiatoia, colorare il guscio delle uova sode a Pasqua. Arrivare in una casa ebraica, austera e borghese, fu uno shock culturale; ribelle e leale alla sua tata, si faceva il segno della croce prima di iniziare ogni pasto. Fu il padre a farsi da tramite per il recupero delle radici con le sue canzoni in yiddish, il racconto delle storie bibliche. Lui a chiamarla dolcemente con il nome ebraico che le avevano assegnato, Chaja, lo stesso di sua madre Tauba, a conquistarla con una strategia di carezze, di maggiore tatto. Giulio si sentiva in colpa per aver lasciato la bambina e soprattutto per non essere andato di persona a riprenderla. La nonna gli si attaccò subito, trovando in lui un alleato, sviluppando una vera e propria adorazione, mentre sentì sempre fredda ed estranea la mamma e provò una gelosia terribile per il fratello, smaccatamente preferito e viziato. È curioso che, una volta divenuti adulti, i ruoli si invertirono: Paola e Alberto persero del tutto il legame con l'ebraismo, mentre la nonna fu l'unica a farlo suo e a tramandarlo.

Ma la presenza di segni in apparenza contrastanti, quelli religiosi e quelli laici, rivela anche l'anima peculiare della famiglia, l'ambivalenza che la caratterizza: una parte legata alla tradizione, almeno dal punto di vista formale (l'appartenenza alla comunità, le preghiere, il sionismo di Giulio, la frequentazione di altri correligionari) e una più intellettuale, moderna, mondana (la chitarra). Quell'influsso dell'Haskalà degli Opatowsky che rispunta e caratterizza l'approccio dei Dresner alla vita: ebrei in casa, uomini aperti al mondo fuori.

Adattarsi al nuovo ambiente domestico milanese non fu facile per la nonna. Era inquieta, una monella. Rubava i cioccolatini dalla dispensa e i soldi del salvadanaio per comprarsi i dolci. Più che andare d'accordo con i fratelli rimpiangeva il cugino Chaim Tobias, con cui era cresciuta. Ricordava la serenella profumata sotto la quale aveva inventato tanti giochi. Si aggrappava alle tracce di amore ricevuto che le avevano permesso di non farsi divorare dalla nostalgia a Nancy, al latte che l'aveva nutrita, all'unica persona sincera che l'aveva ascoltata. Per Rosa era una sorta di incarnazione di Satana. Troppo indipendente, disubbidiente. Troppo sensuale, istintiva, vivace. La puniva ignorandola o rivolgendole occhiate piene di indignazione. In sostituzione dell'affetto applicava i principi educativi appresi quando da ragazza aveva dovuto cavarsela presto, forse pensando che mostrarsi troppo disponibili verso i figli significasse viziarli. La vita per lei era stata da sempre una cosa dura e questo rigore andava sperimentato da subito, altrimenti si finiva per diventare dei rammolliti. Così nell'esistenza di Elena comparve per la prima volta la solitudine.

Può darsi.

Che parlasse con le teste di leone scolpite nel legno dei mobili che ora arredavano l'elegante salotto di rappresentanza.

Parlava con tutto quello che la circondava, per non sentire l'angoscia e l'isolamento. Come Emily Dickinson, che si rivolgeva alle piante di trifoglio del suo giardino e alle api che vi svolazzavano, immaginando prati infiniti: *se le api son poche, il sogno basterà.* Cerco di entrare con la fantasia in questa casa-prigione: i lampadari di cristallo, i divani di pelle, una successione di stanze che si aprono sul corridoio centrale. Il pianoforte a coda che Paola suona diligentemente per i genitori e gli amici di famiglia in *simpaticissime* serate musicali. Un suono squillante rompe il silenzio della sala, diventa un'eco, una ventata di cristalli che si infrangono e sale veloce su per le scale. La piccola mano insiste sul tasto, poi cambia direzione. Una nota, stavolta grave, poi tre. Il pugno gioca con i tasti bianchi e neri, ricrea le onde minacciose di un mare in tempesta. Subito arriva il rimprovero, l'ammonizione severa. Il pianoforte si rovina, il suono provoca mal di testa. Dopo la sgridata, l'ordine di allontanarsi dalla vista, di farsi invisibile e sparire.

Allora passava ad altro: era sufficiente spostare una tenda, chiudere gli occhi, far finta di essere altrove, spiare Rosa che tagliava e cuciva con precisione i vestiti per le clienti.

Un giorno la madre scoprì che la bambina le aveva rubato una scatola di cipria vuota e l'aveva riempita di spilli. I suoi soldatini, una famiglia inventata, il bottino pazientemente accumulato nei pomeriggi di noia e di assenza. In realtà il tentativo di tenere accanto a sé qualcosa che appartenesse all'universo materno, un gesto che venne scambiato per malacreanza e subito castigato. Messa alle strette, la piccola ladra aveva confessato in lacrime il motivo: *voglio diventare una sarta come te, maman*. La spedirono a Como, in collegio, a studiare ragioneria. Per raddrizzarne il temperamento impetuoso, per il suo bene. Perché l'aveva meritato.

Per trasformarla in un'altra, più facile da trattare.

Intralciava la loro immagine sociale di successo, rappresentava uno specchio deformante in cui non desideravano riflettersi. In particolar modo la sua emotività costringeva i genitori ad affrontare sentimenti da cui avevano cercato di difendersi applicando regole e norme impermeabili. *Dava problemi.* La collera e la freddezza di Rosa erano il prodotto di altri conflitti e infelicità, probabilmente di ferite e frustrazioni che non riguardavano affatto Elena, ma i propri demoni interiori. Aveva perso la madre a dodici anni e il padre poco dopo, non sappiamo come, in un'età in cui non era ancora in grado di comprendere questo dramma né di elaborare il lutto. Se l'era dovuta sbrigare da sola e non aveva potuto sviluppare la sua personalità più vera, vale a dire un'autentica capacità di amare. La sua impossibilità a prendersi cura della figlia era una tragedia legata alle vicende personali, piuttosto che una colpa dovuta a cattiveria. Se avesse lasciato vivere la bambina nella sua spontaneità, il proprio sacrificio e l'autorinnegamento dei bisogni profondi non sarebbero serviti a niente. Elena in realtà non era una creatura con troppe pretese, esprimeva esigenze normali. Eppure Rosa la percepiva come un essere tirannico e ostile. Ammettere le normali necessità infantili della bimba avrebbe significato sentirsi sfuggire sotto i piedi quel terreno ideologico che aveva ereditato.

La ritenne responsabile del malessere che provava.

Minacciava l'ordine ricomposto, ricordava il turbamento e l'instabilità del prima di Milano.

Il maltrattamento, la non accettazione da parte di Rosa incisero molto sulla personalità della nonna e avvelenarono il rapporto tra le due: quel gelo la spinse a vergognarsi di ciò che era e a ritenersi cattiva, sbagliata. Paradossalmente iniziò a comportarsi ancora di più da monella, così da fornire alla madre validi motivi per castigarla. In tal modo la valorizzava, trasformandola in una figura perlomeno giusta, una divinità idealizzata che aveva buone ragioni per distribuire punizioni.

Riusciva a trovare sollievo dalla gabbia castrante in cui veniva rinchiusa solo rubando, astraendosi, dissociandosi, sparendo in universi paralleli, fantastici e lontani. Chissà poi, mi chiedo, se l'infanzia a Nancy era stata davvero così paradisiaca come raccontava da vecchia, o se farne un quadro idilliaco facesse invece parte di un processo di consolazione per tenere a bada la paura. Rinchiudersi nel ricordo e nell'immaginazione era gratificante, era un conforto momentaneo: ma poi riaffiorava il senso di colpa, la sensazione di aver commesso qualcosa di brutto.

L'abbattimento, l'ansia.

La convinzione di essere fuori contesto, di troppo.

In collegio

Quando ero piccola io, se un bambino non faceva il bravo e si comportava male, gli si diceva senza tanti giri di parole: ti mando in collegio. Questa minaccia di abbandono, secondo i genitori di allora, doveva servire a controllarlo, a gestirlo, a scoraggiarne la disobbedienza. Spesso erano solo frasi buttate lì allo scopo di spaventare – anche se il sentirle pronunciare non le rendeva meno dolorose o devastanti. Si trattava nella maggior parte dei casi di un'intimidazione che non veniva messa in atto, anche perché non tutti avevano la possibilità di pagare una retta cospicua per sbarazzarsi di un ragazzino pestifero.

Ricordo ancora il terrore e la rabbia provati leggendo le pagine di *David Copperfield*, uno dei libri che ho più amato nell'infanzia. Quando ha ormai compiuto sette anni, la madre del protagonista conosce Murdstone, un uomo severo e inflessibile, che deciderà, sentendosi sola, di sposare; ancora più intrattabile è sua sorella zitella Jane, che va a vivere con loro. David dimostra di non provare alcuna simpatia per il patrigno. Con la scusa che il figliastro non è abbastanza diligente negli studi, Murdstone non esita a picchiarlo con una canna, affermando che ciò non può fargli altro che bene. Tuttavia, a seguito di una di queste frequenti punizioni corporali, David gli morde una mano e a quel punto, per infliggergli un ulteriore castigo, il patrigno allontana il bambino dalla madre e lo manda in un collegio, Salem House. Questa era la parte che mi piaceva di più, perché lì David faceva la conoscenza di Steerforth, un ragazzo più grande, ammirato dalla maggior parte degli alunni, e di Traddles, che sarebbero rimasti sempre i suoi migliori amici – anche se lo spietato preside Creakle non perdeva occasione per opprimerli con continue angherie e, spesso e volentieri, faceva anche lui ricorso alla frusta.

Nel caso di David quindi la minaccia paventata si era tramutata in realtà; lo stesso successe a Elena, che dovette trasferirsi a Como in un *convitto per signorine estere*, ovvero un luogo dove si parlava italiano e francese, dato che probabilmente lei non padroneggiava l'idioma italico in modo perfetto, com'era invece richiesto a una rampolla di buona società da esibire in pubblico.

Non importa che riveli il nome dell'istituto, diretto da una donna che, ironia del caso, portava lo stesso nome della madre della nonna, Rosa, e che generò in seguito un figlio fascista che si distinse tra le camicie nere per i suoi atti di violenza; ma sono riuscita a ritrovarne lo statuto e a capire come si svolgeva la giornata delle allieve.

Niente di diverso da quello che ci si aspetta da un collegio qualsiasi dell'epoca. Anche se, ricordiamolo, tra fine Ottocento e inizio del XX secolo c'erano stati esperimenti di insegnamento alternativi e sperimentazioni didattiche innovative, spesso proposte e attuate da donne istruite e determinate, delle proto-femministe: non soltanto le celebri teorie di Maria Montessori, ma anche il metodo pedagogico di Aurelia Josz, ebrea di origine ungherese, che creò la prima Scuola pratica femminile con l'obiettivo di dare alle ragazze una formazione professionale specialistica in ambito agricolo. Qui le allieve non studiavano in aule polverose, ma all'aperto, alla luce del sole, a contatto con la natura, imparavano la bachicoltura e la cura delle api. Aurelia faceva parte del Gruppo sionistico milanese, lo stesso frequentato da Giulio, e nel periodo delle persecuzioni razziali si nascose in un convento di suore, confidando nella loro compassione. Speranza inutile, furono proprio loro a consegnarla ai fascisti che la deportarono prima a Fossoli poi ad Auschwitz, dove morì il giorno stesso del suo arrivo.

Ma il collegio dove venne spedita in punizione Elena non aveva niente di speciale o moderno, tanto che mi chiedo perché l'avessero mandata proprio lì, con tutte le opzioni e le possibilità che probabilmente avevano intorno.

Era una scuola di stampo ottocentesco per ragazze difficili.

Un carcere.

> Perché una casa qualunque di educazione possa reggersi in piedi è necessaria una legge, un regolamento come quelli che costituiscono l'ordine; e l'ordine nell'educazione è vita e forza.
> La disciplina è come la scorza che circonda l'albero.
> È la scorza che protegge il succhio, che lo difende, che lo dirige, che lo sforza a salire al cuore della

pianta, a spandersi per le sue fibre e per i suoi rami onde nutrirsi dei più puri alimenti della terra.
Da esso succhio si forma un tronco solido e fermo, i rami del quale prendono a tempo debito foglie e fiori e frutti.
Disciplina e educazione hanno qualche volta l'aspetto di una scorza aspra e spiacevole; ma è quella che conferma nella mente e nel cuore dell'educanda i semi della virtù e della scienza.

Nel collegio-convitto, dove tutti i giorni si mangia soprattutto pane e una non specificata pietanza, se si aggiungono quattro centesimi si può avere anche la minestra.

Ci si propone di creare *donne sagge e operose nel buon governo di una famiglia*. Ogni mese le alunne devono sostenere un esame.

Favellare in lingua italiana ed esercitarsi in francese, conoscere l'aritmetica, il calcolo, utile in seguito per gestire la contabilità domestica (*era questa la famosa ragioneria?*)
È proibita la comunicazione diretta con le compagne che non appartengono alla medesima scuola.
È proibito allontanarsi in tempo di ricreazione dalla sorveglianza della maestra.
È proibito introdurre commestibili che non siano per proprio uso od oggetti da giuoco.

Niente cioccolatini o golosità, cibo monotono, noioso, ripetitivo.

È divieto dare alle compagne o ricevere regali, lettere, libri e risposte; il raccontare notizie che non appartengano alla scuola e specialmente gli interessi della propria famiglia.
Fare discorsi meno onesti, sotto pena di essere allontanate per sempre.
La qual pena va pure a colpire coloro che, sapendo essersi fatti tali discorsi, non avvertano prontamente la direttrice per l'opportuno provvedimento.
A procurare poi il maggior bene delle figlie e a tutelare l'autorità delle maestre si raccomanda ai signori Genitori di andare bene d'accordo colla Direttrice circa la disciplina, avvertendo di non essere troppo proclivi a credere alle loro figlie ogni qualvolta si facessero accusatrici dei loro superiori per discusare i propri mancamenti.
Faranno invece alla Direzione sempre cosa grata recandosi di persona al Collegio per gli opportuni Schiarimenti.
A meno di malattia o gravi motivi non levino i figli da scuola fino al giorno della distribuzione dei premi.

I premi erano particolari riconoscimenti assegnati alle alunne meritevoli, che si erano distinte in qualche disciplina, e venivano usati come incentivo per abituarle a provare *il sentimento dell'emulazione*.

Al banco della Biblioteca Nazionale di Firenze, dove

posso consultare le quattro pagine ingiallite dello statuto sotto lo sguardo stupito dell'addetto alla distribuzione che mi ha concesso di sfogliarle nonostante non abbia il permesso per visionare materiali così antichi e fragili (le pagine rischiano di disfarsi come ali di farfalla ogni volta che le sfioro), all'idea della nonna spedita in questo luogo atroce – che sembra più un riformatorio che un istituto per fanciulle – mi accorgo che ho conficcato le unghie nel braccio così forte che mi è rimasto il segno, e sono anche uscite delle piccole gocce di sangue.

Sembrano lacrime rossastre. Le pulisco con il dorso della mano, senza riuscire a interrompere la lettura. Decido di non vergognarmi di ciò che provo, al pensiero di quella bambina disorientata e spaventata che mi si è aggrappata al cuore e mi chiede di salvarla.

Salendo di importanza al Credito Italiano, Giulio si ritrovò a frequentare persone autorevoli. Azionisti, come i Feltrinelli, i Pirelli, probabilmente anche molti esponenti del Partito fascista in ascesa. Mussolini intratteneva rapporti con la banca, a cui aveva chiesto finanziamenti, e voleva avere un ruolo di controllo sull'economia italiana. Per Giulio iniziò una scissione che divenne nel corso del tempo via via sempre più netta e dolorosa: essere ebreo tra i correligionari, diplomatico e prudente fuori. Non è un caso che Paola il 17 luglio del 1924 si sposi con Tullio Levi, chimico del Politecnico, assunto proprio alla Pirelli. Un matrimonio prestigioso, con un ottimo partito sulla carta, di cui però conosco ben altri retroscena. La famiglia di Tullio portava in dote un'eredità segreta e scandalosa: la depressione bipolare. Il padre e il nonno si erano suicidati. Un dettaglio che non era irrilevante, una tara che gettava una luce sinistra su quelle nozze e appariva inopportuna e pericolosa. Quando Giulio lo venne a sapere fece di tutto per impedire il matrimonio. Ma Paola lo ingannò sostenendo di essere incinta: una bugia. Il primo figlio, Lamberto, sarebbe nato due anni dopo. L'accaduto ci dice molto sui valori e i rapporti familiari. Davanti alla debolezza, alla fragilità di un genero che potrebbe essere malato o risultare problematico, Giulio reagisce con un netto rifiuto, uno sbarramento. Tutto quello che non era funzionale andava espulso, estirpato per tempo alla radice prima che il marcio si diffondesse nel terreno. Rappresentava un danno, un rischio per gli altri. D'altro canto Paola mette in atto una manipolazione, mente con astuzia al padre, lo manovra: anche questa sarà una caratteristica del matriarcato Dresner. La convinzione che gli uomini, nonostante l'apparente prestigio sociale, la retorica istituzionale, fossero sotto sotto creature deboli.

Dei poveri idioti, dei bambinoni facilmente controllabili. Che potessero essere addomesticati, raggirati e soggiogati.

In compenso le donne della famiglia avevano l'abitudine di parlare troppo.

Qualche settimana prima del matrimonio tra Paola e Tullio era avvenuto il delitto Matteotti. Nel 1924 l'Italia attraversava un anno drammatico, iniziato con lo scioglimento delle Camere. Squadristi e camicie nere facevano scorribande in tutto il paese, creando un clima di violenza, bastonando e obbligando i dissidenti a bere olio di ricino. Dopo la mozione di annullamento delle elezioni e le accuse in Parlamento, Giacomo Matteotti venne rapito e rinvenuto cadavere il 16 agosto. Pare che Paola, evidentemente molto loquace, avesse commentato in pubblico la notizia, limitandosi a parole di solidarietà per la madre del giovane politico, che si era vista strappare un figlio in modo tanto feroce. La frase fu carpita da una vicina fascista e Giulio dovette intervenire di persona per fornire chiarimenti immediati e impedire un incidente diplomatico; da quel momento in famiglia subentrò l'ordine perentorio di evitare di citare in alcun modo Mussolini. Per i figli di Paola era addirittura proibito nominarlo, venne loro detto che la casa era piena di microfoni e che sarebbe subito arrivata la polizia ad arrestarli se si fossero lasciati sfuggire il minimo accenno al Duce.

Negli stessi anni cominciarono ad arrivare in Italia ondate di profughi soprattutto dall'Europa dell'Est. Dopo la proclamazione dell'indipendenza polacca nel 1919 e una prima speranza di rinascita, per gli ebrei la situazione era rimasta lo stesso penosa. Anzi, a Varsavia nel 1920 era ripresa un'ondata di pogrom e si era accentuato il pregiudizio, sfociato in violenze quotidiane: pestaggi, insulti, barbe tagliate per strada ai religiosi. Gli anni Venti e Trenta furono durissimi. Si alternarono governi autoritari e antisemiti. Le illusioni, le aspettative riposte caddero una dopo l'altra. Iniziò una fuga precipitosa verso il Canada, gli Stati Uniti, l'Australia, perfino gli altri territori della Russia. Avere uno stato in cui rifugiarsi significava definire un luogo in cui semplicemente esistere, mettersi in salvo dagli eccidi che costringevano masse enormi di sfollati a darsela a gambe per non venire annientati. Impossibilitati a partire per l'America, spesso proibitiva per costi e visti da ottenere, gli esuli, ben prima della Seconda guerra mondiale, guardavano alla Palestina come unico rifugio che li accogliesse. Aiutare i rifugiati, assistere i bisognosi divenne un dovere morale, un valore fondante dell'ebraismo stesso. Il sionismo quindi, prima ancora che un'ideologia socialista, era un'urgenza, un modo per soccorrere i richiedenti asilo, i respinti, non dissimili dagli emigrati odierni, costretti a intraprendere viaggi pericolosi, odissee incerte nella speranza di scampare a morte e oppressione. Un'emergenza che venne sentita anche in Italia.

Il 10 marzo 1921 in un trafiletto sulla rivista *Israel* si legge:

> Il Comitato Italiano di assistenza agli Emigrati Ebrei, sorto ad iniziativa del Consorzio delle Comunità invita tutti coloro che ebraicamente sentono a collaborare con lui, acciò che i fratelli nostri che vengono dai paesi di persecuzione verso l'Italia come loro prima casa di pace (e sono vecchi, donne, bambini che tutto hanno perduto pur di non perdere l'eredità intangibile: la fede dei Padri) possano trovar qui ospitalità degna della tradizione giudaica e di qui possano muovere verso altri lidi ospitali, dove tanti li hanno preceduti, verso Erez Israel, dove pochi, nella sventura privilegiati, possono per ora accorrere.

Il paese da cui Szaja e Rojze erano partiti aveva smesso di esistere. I genitori erano morti, i fratelli dispersi in altre nazioni, a parte Berta, rimasta vedova, arrivata proprio nel 1921, dalla quale probabilmente erano arrivate di volta in volta nel corso del tempo notizie non felici sulla condizione familiare. Le lettere inviate in madrepatria, piene di preoccupazione per i parenti rimasti, erano tornate indietro con la dicitura «indirizzo sconosciuto». Le strade non c'erano più, sbriciolate dalle bombe, spazzate via dalla guerra, o avevano cambiato nome. Il mondo di prima si sgretolava alle loro spalle, disintegrato dal terremoto della storia, radicando in loro la convinzione profonda che l'esistenza fosse una concatenazione di fatti provvisori, che tutto potesse ridursi in fumo da un momento all'altro. Che l'antisemitismo, come un lupo feroce, avrebbe trovato sempre nuovi modi e occasioni per rintracciarli, snidarli, perseguitarli.

L'ansia e il bisogno di controllo spinsero Giulio a progettare una situazione stabile, almeno in Italia: un microcosmo inattaccabile, dove sentirsi protetto, invincibile.

Il cuore ferito per le notizie in Polonia e per il tormento di essere lontano lo incentivò tuttavia a intensificare l'attività sionista, a cui si dedicò con dedizione, quasi con accanimento. Negli anni tra il 1924 e il 1938 il sionismo italiano conobbe una stagione fertile, passando da una fase incerta e contraddittoria, nel migliore dei casi fluida, a una operativa. L'inizio di questo nuovo periodo fu rappresentato dal Convegno di Livorno, nel novembre 1924, cui Alberto prese parte. A quel tempo l'ebraismo italiano era suddiviso in varie correnti principali: quella più assimilata, composta da coloro che sentivano un collegamento labile verso la fede, sordi e ostili verso Eretz Israel come luogo di origine; quella religiosa, formata da chi provava nei confronti della terra promessa un afflato sentimentale ed emotivo; e infine i sionisti veri e propri, che ponevano il problema in termini chiari, senza fronzoli e giri di parole: per costituire uno stato dove sentirsi al sicuro e dare un contributo significativo bisognava fare i bagagli e partire. Quest'ultimo atteggiamento provocò una discussione piuttosto accesa. Persone diverse per ideologia, cultura, convinzioni politiche furono costrette a domandarsi che cosa fosse per loro essere ebrei. C'era chi, come Dante Lattes, direttore insieme a Alfonso Pacifici della rivista *Israel*, sosteneva che occorreva lottare soprattutto contro l'assimilazione disgregatrice. Chi, come Enzo Sereni, riteneva che il problema fosse risolvibile soltanto nel fare *aliah*, trasformando la gioventù borghese della diaspora in proletari capaci di lavorare il suolo con le loro braccia.

Sicuramente il momento più emozionante fu quando al Convegno di Livorno prese la parola Nello Rosselli, noto per il suo antifascismo e per l'impegno in campo politico, che intendeva l'ebraismo come un'aspirazione generale alla libertà e alla giustizia, le cui fondamenta si trovavano solo nell'individualità di ognuno. Rivendicava una prospettiva laica, filosofica ma ugualmente forte e responsabile, «di essere un ebreo che non va al Tempio il sabato, che non conosce l'ebraico, che non osserva pratiche di culto».

Le voci di Rosselli e degli altri furono fondamentali, ruppero un'atmosfera statica ormai consolidata da tempo, nella quale dominavano soprattutto i portatori della paura dei ghetti, preannunciando l'avvento sulla scena di una nuova generazione che aveva il coraggio di porre la questione in termini chiari, anche partendo da presupposti diversi, opposti.

Enzo Sereni, che di lì a poco emigrò in Palestina con

la moglie Ada, tornato in Europa per aiutare altri compagni a scappare sarebbe stato catturato dalle SS, deportato a Dachau e lì ucciso.

Nello Rosselli venne assassinato alcuni anni dopo l'incontro di Livorno in Francia assieme al fratello Carlo, per ordine del fascismo.

Sicuramente il Convegno riaccese nuova linfa e speranza anche nei Dresner, decisi a cavalcare i principi di un attivismo legato al fare, avverso agli *infingardi*.

Il 29 gennaio 1925, sempre su *Israel*, si legge in un articolo che venne dibattuta la creazione di un centro di cultura a Milano, particolarmente importante dopo le discussioni accese dell'evento livornese; un centro «dove gli spiriti si possano fraternamente ricreare in amichevoli riunioni»:

> Il clima festoso e gli applausi vennero però interrotti al momento di scegliere il nome. Mentre i più avevano votato per la nomenclatura di «convegno ebraico» e anche se con varie tendenze c'era stato comune accordo, si riporta un'eccezione: il signor Dresner, «che in una proposta assai rigida ha osservato che ogni attività ebraica dovrebbe essere riservata al Gruppo sionistico».

La stessa intemperanza è mostrata verso la comunità israelitica di Genova, dove nel febbraio 1925 Giulio venne trasferito dalla banca, promosso vicedirettore degli affari:

21 gennaio 1926: «Il signor Dresner chiede al circolo un programma tale da attrarre un maggior numero di soci e propone un programma spiccatamente sionistico. Il cavalier Pavia obbietta che l'ambiente genovese non permette che pure svolgendo un'attività appropriata si dia al circolo un'impronta manifestamente sionista».
29 marzo 1926: «costituzione di un Gruppo sionistico, il cui scopo sia diffondere la cultura ma anche l'insegnamento dell'ebraico tenuto dall'egregio consocio Giulio Dresner provvisoriamente nella sua abitazione in via Nizza 18 ogni martedì alle 21».

Nel 1928 lo troviamo a capo della sezione locale del Keren Hayesod, l'ente creato a Londra per finanziare il ritorno e l'integrazione in Palestina. In un trafiletto di commento all'elezione si lodano «quei sionisti che con lo sguardo fisso alla meta in un ambiente all'inizio freddo e quasi ostile hanno infaticabilmente lavorato attraendo nella propria cerchia i timidi e i dubbiosi».

Nello stesso anno Giulio ricordava davanti a un pubblico commosso la scomparsa di Ciro Glass, pensatore e militante. Il discorso cominciava proprio con un panegirico su Herzl. Il bisnonno si mostrava rammaricato del fatto che il nome del fondatore fosse poco conosciuto e che avesse attirato un seguito così irrilevante, soprattutto in Italia. La morte di Glass, che aveva lavorato e sofferto per la nascita del movimento, non era soltanto tragica per la giovane età in cui era avvenuta, appena ventisette anni, il 6 gennaio a Palermo, per un incidente d'auto; ma anche per il fatto che ne era ritenuto il capo morale.

«L'uditorio, visibilmente commosso, ha seguito l'oratore nella sua commemorazione.»

Nel giro di pochi anni quindi Giulio era riuscito a trascinare dalla sua parte un discreto numero di simpatizzanti, stregati dal suo fascino, dall'intelligenza e dal suo eloquio convincente, proprio come Fejbus riusciva a incantare i sovversivi nelle cantine fumose di Varsavia.

Attivi sul fronte delle donazioni, i Dresner appaiono continuamente nelle liste di coloro che inviano soldi, raccolti nei bossoli blu del Keren Kayemeth, il Fondo Nazionale Ebraico, nato durante il V Congresso a Basilea. Lo scopo del denaro era di acquistare appezzamenti di terreno per far nascere la nuova patria: è così che venne fondato il primo kibbutz, Degania Alef, già nel 1909.

Allo stesso tempo tuttavia per Giulio c'era ancora una questione spinosa da affrontare. Diventare italiano a tutti gli effetti, regolarizzare la sua posizione. Un passo fondamentale per l'avanzamento di carriera e per l'inserimento a pieno titolo in società, ma anche una necessità concreta. Essere italiano era l'unica condizione per farcela e conservare una reputazione, per rigettare l'accusa di simpatie sospette e di pericolose tendenze comuniste.

Il 4 gennaio 1926 fece quindi richiesta di cittadinanza, rinunciando a quella polacca. L'aria intorno si stava facendo pesante. Nel novembre di quell'anno Mussolini avrebbe varato le leggi dette «fascistissime», chiesto lo scioglimento delle associazioni e dei partiti contrari e imposto l'istituzione del confino di polizia per gli oppositori. Il piccolo Lenin doveva aver pensato che fosse meglio uniformarsi, non dare nell'occhio con l'origine straniera che il cognome denunciava. Era importante mostrare buona volontà e far fruttare i risultati raggiunti fino a quel momento.

Nel fascicolo che sono riuscita a recuperare grazie al sapiente lavoro degli archivisti di Unicredit, che sono stati così meticolosi da suddividere e organizzare il materiale per anno e argomento, sono allegati vari documenti necessari alla pratica, insieme all'atto di svincolo del governo polacco in scadenza ai primi di aprile.

Restavano soltanto pochi mesi per completare l'operazione e il tono delle lettere riflette l'angoscia e la fretta di chi scrive, quasi l'insofferenza verso il ministero degli Interni che perde tempo, fa domande troppo specifiche e si appiglia ad assurdi cavilli burocratici, chiedendo notizie relative alle varie residenze, anche prima del 1905.

Giulio a questo proposito resta sul vago, si giustifica dicendo che non ricorda i nomi e i numeri delle strade che chissà quante volte sono cambiati durante il regime russo e poi durante la guerra e l'occupazione straniera. Parla invece di Alberto venuto in Italia a due anni, che «ha ricevuto un'educazione prettamente italiana» ed è ora studente liceale. Di Paola già sposata a Tullio Levi, «suddito italiano funzionario presso la ditta Pirelli dal 1921».

> Il sottoscritto non appartiene ad alcun partito politico e come risulta dalle fedine penali annesse alla pratica non ha mai avuto a che fare in vita sua con la giustizia per qualunque ragione sia. Sono fiducioso che la mia domanda di far parte della grande famiglia italiana verrà presa in considerazione pur non nascondendo la mia ansia che l'atto di svincolo da parte del governo polacco non venga a scadere prima del buon esito della mia pratica, data la difficoltà se non l'impossibilità che prevedo di potermi eventualmente procurare un altro documento simi-

le o una proroga per la scadenza di detto certificato. Ringraziando e pronto con piacere ad assumermi tutti i doveri che mi deriveranno dall'onere di ottenere la cittadinanza del paese di elezione, porgo i miei più devoti ossequi.

Parole dettate soltanto dalla retorica, dall'opportunismo o da un più sottile bisogno inconscio di appartenenza, dalla condivisione di quegli ideali nazionalistici?

È comunque curioso che Giulio non citi tra i suoi figli Elena. Non una parola su di lei. La dimentica perché è lontana, a Como, in collegio? O perché su di lei non c'è niente di particolare da dire, nulla che aggiunga lustro e prestigio? Nessun marito rinomato da segnalare o dote o talento per aumentare l'importanza del casato, per invogliare alla concessione del titolo?

Non appare neanche nella fotografia scattata sulla spiaggia negli stessi anni a Chiavari in un momento di svago familiare. Eccoli lì sugli scogli, gli eroici antenati in costume da bagno, con buffi accappatoi che sembrano vestaglie da camera.

Giulio, al centro, cinge con fare protettivo le spalle di Paola, Alberto è al suo fianco.

Se dovessi trovare il punctum della foto, come sostiene Roland Barthes, dire cosa cattura istintivamente la mia attenzione, mi colpisce che tutti e tre guardino dalla stessa parte, siano attratti da qualcosa che non è presente nell'immagine. Qualcosa che sta lontano, a destra, fuori dalla visuale. Nonostante la circostanza intima, la giornata di relax dedicata a nuotare e a prendere il sole, conservano un'aria distaccata da tutto, aristocratica, estranea all'ambiente. *Ci sono e non ci sono.* Sono fantasmi, ombre nel limbo dell'esilio. Vivono in un *non luogo* sospeso, tra l'angoscia del futuro e un impossibile ritorno al prima. *Avere la cittadinanza italiana serviva proprio a quello.*

A mettere la base, il primo mattone solido.

A evitare quella percezione ambigua di diversità negli altri, a ritrovare un'immagine di sé scevra dal passato che garantisse salvezza.

Giulio la ottenne. Tornò a Milano, la sua carriera decollò. Restava un ultimo problema da risolvere. Elena, diciannovenne, aveva finito la scuola e di lì a poco sarebbe tornata a casa. Come gestirla? Che farsene?

La questione andava sistemata, e alla svelta.

Una stretta di mano

Rosa era l'unica della famiglia a tenere alle tradizioni religiose. Accendeva le candele il venerdì sera con rito ashkenazita (*le mani davanti agli occhi, il capo coperto*), insisteva che Giulio recitasse le *berakhot* prima dello shabbat e comprava carne kashèr. A Genova il macellaio della comunità, lo *shokèt*, era Samuele Avraham Pacifici, detto Tamelle, vice rabbino e *hazàn* ormai in pensione. La famiglia di Samuele era originaria di Firenze, dove Tamelle si era formato sotto l'ala del rabbino Samuel Hirsch Margulies, chiamato il tedesco, che aveva ridato nuovo impulso alla fede ormai annacquata degli ebrei sudditi del Regno. Evidentemente il negozio del macellaio all'epoca doveva avere la stessa funzione che ha oggi il parrucchiere per signora: si chiacchierava oltre che acquistare pollame e ricevere un mero servizio. E così parlando del più e del meno, venne fuori che Samuele a Firenze aveva una sorella, Elisa, anche lei dotata di un soprannome, Aida.

Che Aida aveva un figlio, Alfredo, un bel ragazzo ormai trentenne, studioso e devoto, che non riusciva a trovare una fidanzata giusta, degna di lui. Si era appena laureato con una tesi piuttosto originale e sorprendente per l'epoca, dal titolo *Il movimento sionista e il mandato sulla Palestina*. A Rosa si accese una lampadina in testa: le parve il partito perfetto per piazzare la figlia appena rientrata dal collegio. A Samuele invece sembrò l'occasione giusta per collocare il nipote all'interno di una famiglia abbiente.

Erano però due mondi culturalmente e socialmente distanti, opposti.

Aida, la madre di Alfredo, era nata nel 1870 da Giuditta Passigli e Roberto Pacifici, anche lui macellaio kashèr da generazioni. Una famiglia molto religiosa, al punto che quando una sera d'estate i bambini rientrarono con le rificolone, le caratteristiche lanterne di cartapesta con una candelina accesa all'interno che in Toscana si illuminano per la festa della Madonna, Roberto le distrusse con rabbia, calpestandole al grido di: *in questa casa si è ebrei, non si è pagani!*

Il soprannome Aida ha una storia tutta particolare. Veniva dalla passione sfrenata per Giuseppe Verdi. Quando la ragazzina aveva nove anni, l'avevano portata a Montecatini per conoscerlo. Verdi, ormai anziano, inaridito e un po' depresso per il successo tramontato, aveva trovato in quella cittadina di provincia lo stimolo per rinnovare la propria vena creativa. Quella bambina minuscola, che aveva convinto i genitori a intraprendere il viaggio, gli si era avvicinata e senza troppi indugi gli aveva chiesto l'autografo. E lui, probabilmente stupito, commosso e lusingato per avere ancora una giovane ammiratrice così affezionata, le aveva fatto una carezza.

Ecco. Questa storia della carezza di Verdi alla piccola

patriota, raccontata di generazione in generazione, era entrata immediatamente nel mito familiare. Anche perché tutti sappiamo che nel Risorgimento in effetti il Maestro era più che un musicista. Era un simbolo, una star come i Beatles. Pronunciare la frase «Viva Verdi», lo impariamo fin dalle scuole elementari, significava sottintendere in codice «Viva Vittorio Emanuele re d'Italia». Per gli ebrei quella frase strizzava l'occhio al desiderio di far parte di una nazione, di uscire dal recinto morale dell'emarginazione coatta. E quella marmocchietta, insieme alla carezza sulla guancia, aveva ottenuto qualcosa di più di un gesto benevolente: una benedizione, un incoraggiamento a far parte della storia patria.

Tanto più che la medesima marmocchietta, Aida, aveva conosciuto l'umiliazione di essere diversa fin da piccola, quando le bambine cristiane la prendevano in giro per una macchia scura, una voglia che aveva sulla spalla: *struscia, struscia giudea, che tanto non vien via*. E lei, che non poteva reagire perché avrebbe avuto la peggio, aveva imparato a trattenere la rabbia dentro; ma diventava rossa in volto, si mordeva un dito mettendolo di traverso in bocca e ringhiava nel dialetto ghettaiolo: *manzertà!* L'equivalente di infame, disgraziata.

Di lei sapevo che era una donnona, un termine che non alludeva solo all'imponente stazza fisica, era una caratteristica a tutto tondo. Voleva dire che si portava dietro la forza, l'energia e la cultura del ghetto. Lì non importava essere belli ma intelligenti, avere testa (*com'è habàm questo bambino, quanto sekhel che ha!*, il massimo dei complimenti). Faceva la camiciaia, lavorava a cottimo. Aveva sposato contro il parere di tutti Augusto Orvieto, il fornaio della comunità israelitica, il padre di Alfredo, che si stava avvicinando alla cecità. Ma lei lo amava, lo proteggeva. Guai a farlo sentire invalido. Insieme avevano vissuto la miseria e la speranza dell'integrazione, gli alti e bassi della sorte, quando il socio di lui, *quel manzèr*, era scappato portandosi via tutti i soldi della cassa. Aida ci teneva che Augusto avesse una dignità nonostante la mancanza della vista: le chiavi di casa erano attaccate alla sua cintura. Nessuno poteva aprire o chiudere un cassetto senza il permesso del capofamiglia.

Anche se buttava via il fagotto della carne scambiandolo per spazzatura.

Anche se fumava il sigaro e si riempiva il panciotto di cenere.

Anche se l'insalatiera finiva per terra a causa di un movimento maldestro.

Quando uscivano a braccetto e gli uomini, trovandosi davanti una signora procace con un marito non vedente, se ne approfittavano e facevano i cascamorti allungando le mani, Aida si difendeva con il parasole. Giù ombrellate.

Data la condizione non agiata (c'erano altri due fratelli, Enrico e Noemi), il futuro del primogenito Alfredo sembrava segnato: sarebbe dovuto andare a lavorare. Ma era troppo intelligente per fare il cenciaiolo, lo *sciastro*, era il più portato per lo studio. Aveva *sekhel.* Il primo giorno di impiego la madre lo accompagnò alla bottega dei sarti, poi all'ultimo minuto si voltò verso il ragazzino che la seguiva strascicando i passi per le scarpe troppo grandi e gli chiese a bruciapelo: «*Core mio*, tu vorresti andare a scuola, vero?» Quando il figlio, tutto tremante, rispose di sì, Aida si commosse, girò i tacchi e lo riportò a casa. Si sedette alla macchina da cucire e non si rialzò finché Alfredo non prese il benedetto diploma da ragioniere e finì l'università, diventando il simbolo del riscatto e dell'affrancamento dalla miseria. Era iniziato un progressivo inserimento nella società, raggiunto gradino dopo gradino, sacrificio dopo sacrificio.

Quando scoppiò la Prima guerra mondiale, anche loro consegnarono con orgoglio l'oro alla patria, sfilandosi la fede dal dito. Alfredo però venne riformato perché figlio maggiore di un padre cieco e a Enrico, uno dei ragazzi del '99, prima della visita medica scoppiò una febbre misteriosa.

Certo, Aida si era distrutta le mani a sfregargli tutta la notte le ascelle con ortiche e patate per far salire la temperatura.

Patrioti sì, ma sempre pronti a cercare una via di fuga per salvarsi in caso di pericolo.

A guerra finita gli affari cominciarono a marciare. Arrivò Tina, la domestica cristiana, la *havertà*. L'appartamentino si riempì di nuovi mobili e arredi – ne cito alcuni in ordine sparso da una lista, la stessa che servì al Comune per requisirli uno a uno, dopo l'arrivo dei nazisti nel 1943, *dalla casa degli ebrei Orvieto*:

Poltroncine di damasco giallo.
Un orologio con campana di vetro.
Un controbuffet con cristalli e marmo contenente due bricchi ed una zuccheriera.

Un quadro con cornice dorata.
Sei sedie con sedile e spalle in pelle.
Un quadro 120 × 90 soggetto campagna.
Un lampadario ferro battuto stile antico con due leoni e un giglio.
Un grammofono.

Cominciarono ad apparire le tendine alle finestre, le pedane scendiletto, il primo servizio da tè in porcellana per sei persone.

E per apparecchiare, i piatti Ginori.

Mancava solo una sposa degna del figlio maggiore per rendere felici i genitori e consacrare la nuova condizione di prosperità raggiunta. E Alfredo era ben consapevole dei sacrifici fatti, sentiva il bisogno e l'ansia di sdebitarsi per accontentarli. Per questo era così serio, ambizioso, concentrato. Aveva poco tempo da perdere con le ragazze e le altre distrazioni frivole. Ma ormai a trent'anni essere ancora scapolo rischiava di apparire un fatto strano.

Il corteggiamento fu piuttosto breve. Il 23 dicembre 1927 lui e mia nonna si incontrarono per la prima volta. A Elena, emozionata, lusingata dall'attenzione, dal fascio di luce che si accendeva all'improvviso a renderla protagonista di un idillio amoroso, quel giovane dall'aria intellettuale con il pince-nez sul naso, venuto da Firenze apposta per lei, dovette fare un certo effetto perché dietro una fotografia a lui donata c'è la dedica romantica e sognante: «tua per sempre».

Frase da film.

A gennaio si fidanzarono, il 3 febbraio 1928 divennero marito e moglie. Presto fatto. Lei aveva diciannove anni, ma l'animo e l'esperienza di una bambina. Non aveva mai visto un uomo nudo e passò la prima notte di nozze a ridere.

Smise assai presto.

La motivazione principale di Elena a sposarsi era di avere una famiglia sua e soprattutto dei figli. Il marito all'inizio non ne voleva sapere, aveva la carriera a cui pensare. Lei non si scoraggiò, prese l'iniziativa. Che problema c'era? Gli forò tutti i preservativi di budello, come usava allora, e rimase incinta. Un tempismo perfetto. Nove mesi esatti dopo, a novembre, nacque Roberta, mia madre.

Le donne Dresner sapevano sempre come organizzarsi.

Andarono a vivere a Milano in via Bernardino Ramazzini, una bella zona residenziale, in un appartamento signorile dotato di portineria, dove risiedeva anche il famoso direttore d'orchestra Gino Marinuzzi, compositore geniale, appassionato di Wagner e Strauss, nonché simpatizzante di Mussolini.

Due anni dopo nacque la seconda figlia, Wanda.

Giulio aiutò il genero a inserirsi nella cerchia milanese e a trovare nuovi sbocchi lavorativi.

Elena ebbe le sue bambine.

I Dresner riuscirono a risolvere il loro cruccio e a sbarazzarsi della discendente inutile. Apparentemente fu uno scambio riuscito, una transazione commerciale andata a buon fine: con una stretta di mano, ognuno aveva ottenuto ciò che desiderava.

La macchia

Nel 1930 Giulio venne chiamato in direzione centrale a Milano e nel 1933 fu promosso vicedirettore addetto alla direzione centrale. Nel 1931 risulta candidato al Natale di Roma, la celebrazione che aboliva la festività del primo maggio spostandola al 21 aprile e si proponeva di essere il giorno «significante l'avvenuta rinascita della romana grandezza». In questa occasione il Duce concedeva alcune onorificenze a cittadini illustri. Il nome di Giulio fu proposto insieme a quello di altri funzionari del Credito Italiano, ma non se ne fece nulla. Nel 1933 venne nominato invece Cavaliere dell'ordine della corona, notizia riportata dalla *Gazzetta ufficiale del Regno d'Italia* del 20 aprile. La decisione era partita dal re, ma di certo dietro c'era lo zampino di Mussolini.

Il potere gli piaceva, era ambizioso; ma era anche consapevole di dover essere più bravo degli altri, di risultare necessario, insostituibile. Era puntiglioso fino alla pedanteria. Controllava perfino il numero degli elastici e la carta carbone consumata. Valutava l'efficienza dei collaboratori. Pretendeva segretarie private a suo uso esclusivo (in una nota d'ufficio si legge che si impunta per avere quella più anziana, la signora Meazzi, che deve tenersi a sua totale disposizione, perfino nei giorni in cui è assente da Milano. Quando gliene propongono un'altra, tale Ravagnola, non ne vuole sapere e la rimanda indietro). C'è un elenco lunghissimo di «signorine rifiutate da Dresner», il piccolo Lenin. Doveva verificare i conti, redigere relazioni sul lavoro svolto, confermare la professionalità dei colleghi. Suggerire sostituzioni, promuovere elementi validi, tagliare rami secchi. In appunti scritti a mano, davanti al nome di impiegati e funzionari si leggono note a margine, commenti spesso impietosi: un po' lento, attivo ma arruffone, minuzioso ma senza entusiasmo, superficiale, assiduo, adeguato ma non acuto, buona volontà ma poca sostanza, e qualche raro promette bene. Era suo compito controllare la media delle ispezioni mensili, i rendimenti, incrementare i ritmi.

Esigente, ma anche giusto.

«Perché tali risultati siano mantenuti è a mio avviso indispensabile che vengano prese in considerazione le aspirazioni morali dei più meritevoli. Vanno ricordate anche le Signorine del reparto Ispezioni le quali sono riuscite a fronteggiare l'aumentato lavoro» si legge in una nota del 31 dicembre 1932.

Veniva usato per i controlli nelle filiali lontane, a Fiume, a Trieste, a Gorizia, nel Sud Italia. Per lui non era un problema, faceva la valigia, senza alcun preavviso, e partiva. Ormai lo si vedeva a Milano in famiglia una decina di giorni al mese.

Può darsi.

Che Rosa si sentisse molto sola.

La vedo davanti allo specchio pettinarsi i capelli ormai grigi con quel pettine di madreperla, che apparteneva allo zar. Li strappa. Non si cura del dolore. Ha sempre fatto così, anche con le figlie, nonostante le loro proteste vivaci. Le spalle erette, la testa alta. Ordine, pulizia e fierezza. Ma ha un'aria stanca. Ancora il solito mal di testa. Ha passato la notte sveglia, a camminare in vestaglia nella casa silenziosa. Lui non c'è, non torna. È in viaggio. Ormai è abituata a non vederlo per giorni, a volte per settimane. Gli fa il bagaglio, glielo disfa. E ogni volta è un marito diverso, sempre più distante. È come se ogni partenza si portasse via un pezzo dell'uomo che ha conosciuto nell'altro mondo, scolorendo i ricordi. L'entusiasmo della giovinezza, quello che l'ha fatta innamorare quando su due piedi le aveva proposto di partire sopra un carro di fieno, è stato sostituito da una specie di ansia febbrile, di rantolo astioso che lo porta a essere in continuo movimento. Suo marito, Opatowska, sta ancora combattendo una battaglia privata. Ma contro chi? Prima combattevano insieme. Adesso è rimasta l'unico soldato in una trincea vuota, condannata alla prigione della sua bella abitazione. Non ci sono più vestiti da cucire, impegni da rispettare, capigliature da strigliare. Dovrebbe essere felice. Ce l'hanno fatta. Hanno avuto fortuna, successo. Ne è passato di tempo da quando usavano le cassette di arance come comodini. Ora hanno mobili eleganti, tende eleganti, un bel pianoforte a coda. Danno ricevimenti di classe. Eppure nello specchio vede un'estranea. Nei negozi la trattano con rispetto, ma quando esce sa che la chiamano dietro le spalle *la straniera*. Perché questo è: straniera al paese, alla lingua, alla vita, a se stessa. Storpia ancora l'italiano, come si vede dalla dedica formale sul retro del proprio ritratto, la fotografia che regala a Elena il giorno del matrimonio: *in segno di affetta matterna alla mia figlia*.

All'improvviso una stilettata profonda le attraversa lo sterno, la fa piegare in due.

Ha paura di morire lì, da sola, di crepacuore.

Ha paura che un giorno accadrà e la troveranno riversa sul letto, come una bambola rotta, con le vesti in disordine e quella testa imbiancata in ciuffi spettrali. La vedranno finalmente com'è, vulnerabile e sola, senza quella finta maschera di coraggio in faccia. Le salgono agli occhi lacrime antiche, il bisogno delle chiacchiere tra donne, gli odori della cucina a Kowal, il fruscio carezzevole della nostalgia che da sempre cerca di scacciare, trasformandolo in silenzio compresso. *Postura, schiena eretta*. Respira, conta i battiti del cuore. Anche questa volta il terremoto è passato. Riprende a pettinarsi i capelli grigi, con quel pettine d'osso così regale, li districa come fa di solito, da molti anni.

Con energia, fino a strapparli.

Il 22 agosto 1935, a Lucca, Alberto si sposò in sinagoga con Anna Maria Faldini Dello Strologo, un matrimonio riparatore. Lei era incinta, dopo qualche mese nacque la figlia della coppia, Graziella. L'unione tra i due però durò poco, non sappiamo se per disamore o perché ai Dresner quelle nozze non sembravano sufficientemente degne dell'adorato rampollo.

Avevano l'abitudine di umiliare o, peggio ancora, di trattare con condiscendenza chi occupava un gradino più basso nella scala sociale, per nutrire il loro ego e ribadire l'ascesa. Un atteggiamento non simpatico, che ho ritrovato anche in mia madre quando, con mio grande disappunto, faceva mangiare la fida governante Gioconda, ritenuta troppo plebea, da sola in cucina, invece che ammetterla al tavolo da pranzo dove si riuniva la famiglia. O tracciava una linea di demarcazione invisibile ma netta tra *persone di successo e falliti, forti e deboli, intelligenti (alcune donne, gli ebrei) e, a suo dire, imbecilli* (gli uomini in generale).

Ancora una volta, Giulio intervenne a risolvere la questione, liberando il suo pupillo dagli impicci. Alberto venne mandato a Lugano, con la scusa di finire gli studi di medicina (in realtà giocava molto a scacchi trascurando gli esami), e Anna Maria, pur mantenendo la residenza a Milano, di fatto tornò a casa dai genitori per tirare su la bambina da sola. Il 26 maggio 1939 andrà in Brasile, risultando sui documenti ufficialmente «separata». Nella famiglia Dresner rimase sempre un corpo estraneo: *la Faldini*, come si legge dietro le rare foto rimaste che la ritraggono.

Per Giulio divenne sempre più difficile mantenere un equilibrio tra pubblico e privato. Scomparve dalle attività della vita comunitaria, lasciando a Rosa il compito di fare donazioni e partecipare a serate musicali. Si rese meno disponibile, divenne appartato. Aveva i suoi motivi.

Se in un primo momento Mussolini si era mostrato favorevole al sionismo, considerato mero strumento di espansione in Medio Oriente, in seguito il suo comportamento si fece ambiguo e contraddittorio.

E soprattutto, se all'inizio sembrava ci fosse disponibilità e apertura verso il sionismo internazionale, differente fu l'atteggiamento nei confronti del movimento italiano, diventato a un certo punto incompatibile con il fascismo, che chiedeva una lealtà univoca e assoluta.

L'opportunismo di Mussolini si rese ancora più evidente quando nel 1928 favorì una violentissima campagna di stampa, in vista dei Patti lateranensi.

Riceveva regolarmente la rivista *Israel* a Palazzo Venezia e faceva commenti aspri sul separatismo degli ebrei.

«Religione o nazione» si intitola l'articolo apparso il 29 novembre 1928 sul *Popolo d'Italia*.

Che gli ebrei si decidessero a scegliere, a essere veri patrioti!

D'altra parte il Duce teneva a essere considerato un protettore, si circondava di amici di *fede mosaica*, come Margherita Sarfatti, sua amante e consigliera. L'atteggiamento altalenante tra entusiasmo e disprezzo continuò nel 1931, quando negò categoricamente l'esistenza di una razza pura e irrise le teorie tedesche, dicendo che l'antisemitismo era una manifestazione delle difficoltà interne, economiche e sociali, nelle quali si dibatteva la Germania. Addirittura, sembra che in cambio dell'appoggio di Mussolini al progetto di legittimazione dello stato ebraico, Chaim Weizmann, presidente dell'organizzazione sionista mondiale, promise di mettere a disposizione fondi e un'équipe di scienziati affinché aiutassero l'Italia a crescere autonomamente nel campo della chimica, impedendo così la dipendenza dai prodotti tedeschi.

Il sostegno era solo di facciata e divenne lampante quando Weizmann inviò una lettera al capo di governo fascista, allarmato dalla notizia che quest'ultimo si sarebbe incontrato con Hitler a Venezia tra il 14 e 15 gennaio 1935. Il messaggio conteneva un appello a intervenire presso il Führer per indurlo a modificare la sua brutale politica. Ma fu tutto vano. Da lì a poco, infatti, la situazione precipitò. L'alleanza Roma-Berlino era ormai ufficializzata. Era evidente che fascismo e sionismo non potevano più convivere, poiché gli scopi reali andavano a scontrarsi.

In questo clima di tensioni e ambivalenze, nel 1934 Giulio prese la tessera del partito. Nello stesso anno, dopo l'ingresso del Credito Italiano nell'IRI, l'Istituto per la Ricostruzione Industriale patrocinato da Mussolini stesso, nato per permettere il salvataggio di banche e azioni provate dalla Crisi del 1929, i margini per non aderire almeno formalmente al fascismo si erano molto ristretti. Da un certo punto di vista la sua iscrizione nel 1934 è tardiva e sembra denotare una certa riluttanza. Non fu uno di quei disperati che seguirono il Duce fin dall'inizio: i reduci, gli ex-socialisti, i futuristi scalmanati. Non fu neanche uno dei tanti ebrei convinti o entusiasti che si allinearono al regime già dai primi anni e che erano fieri di apporre in fondo alle lettere prima della firma il tronfio «saluti fascisti». Come Cesare Goldmann, un industriale che mise a disposizioni i locali per la prima sede del PNF, finanziò *Il Popolo d'Italia* e la Marcia su Roma.

Probabilmente Giulio si iscrisse controvoglia, solo perché era condizione indispensabile per lavorare. Più inquietante è la richiesta successiva, nel 1936, di far parte della Milizia volontaria e dei Fasci di combattimento, i corpi armati per la sicurezza adibiti a mantenere all'interno l'ordine pubblico. In poche parole, le camicie nere. Un fatto in ogni caso riprovevole, passato in silenzio e censurato dalla narrativa familiare, che invece magnificava altri dettagli altisonanti: il socialista, l'amico di Lenin, il rivoluzionario marxista non poteva sporcarsi di un'azione vile, inaccettabile. Sarebbe stato un tradimento d'immagine, un colpo basso. O forse era avvenuta una rimozione a livello inconsapevole di questo episodio, che aveva finito per disperdersi nella nebbia. Venivano comunque ammessi non specificati contatti personali con il Duce, che anzi erano commentati benevolmente, come prove del potere sociale raggiunto dal bisnonno, che se la intendeva con i pezzi grossi. Si parlava di lettere private che furono in seguito fatte sparire (da chi?), di vacanze a Rimini durante le quali i figli di Mussolini giocavano sulla spiaggia a pochi metri dall'ombrellone dei Dresner.

Ma i Fasci di combattimento erano ben altra cosa! Viene il sospetto che Giulio fosse un voltagabbana, di sicuro un opportunista. Lo scrivo più volte nei miei appunti: opportunista. Nel dubbio metto accanto un punto interrogativo, oppure a volte, quando sono arrabbiata, uno esclamativo. Come un'adolescente delusa dal tradimento di un fidanzato. L'eroe col pugno chiuso, il prode che gridava *Viva la libertà*, che cantava *Warszawianka*, avrà indossato davvero l'uniforme da miliziano, sfilato con il braccio teso? Un calcolatore, un trasformista, un camaleonte! Come minimo dobbiamo ammettere che non possedeva la coerenza e l'integrità di un Enzo Sereni!

La verità non si può negare, sta lì, certificata dal documento. Anche se le carte raccontano una verità incompleta, che può chiarirsi solo con ulteriori ricerche. Se l'articolo 3 dell'RDL (Regio decreto legge) 14 gennaio 1923 disponeva il reclutamento volontario di coloro che ne facevano domanda e che a giudizio del Presidente del Consiglio dei ministri e delle autorità giudiziarie a lui delegate possedevano i requisiti necessari di capacità e moralità, nel 1936, in seguito a una delibera del Direttorio di partito, si stabilì che l'iscrizione alla Milizia volontaria fosse un obbligo per *tutti* i fascisti iscritti.

Non c'era una scelta, era una conditio sine qua non.

Questo non allevia la mia ripugnanza per il fatto che Giulio avesse accettato di far parte di quel regime che aveva già iniziato la sua politica di discriminazione della razza in Etiopia, che si era avvalso di una campagna di propaganda spregevole contro le popolazioni africane e non si era fatto scrupolo di uccidere civili inermi con armi chimiche e gas.

Avrebbe potuto dire di no, come tanti. Cerco di capire, di trovare una via d'uscita; sfoglio le annate del giornale dei Fasci di combattimento milanese, dal titolo minaccioso *Di qui non si passa.* Purtroppo la biblioteca dove trovo il materiale conserva solo i numeri dal 1941 in poi, quando ormai le leggi razziali erano già in atto e quindi si leggono concetti diffusi come «il patriottismo di un ebreo non è che un travestimento che egli adotta per piacere alle persone del Paese che egli abita» oppure riferimenti complottisti al perfido triangolo che include «l'ebraismo insidioso, la plutocrazia affamatrice e il comunismo distruttore», forze occulte e malefiche, emanazioni dello spirito di Satana e Caino di cui sono degni esponenti Roosevelt, Churchill e Stalin.

Si criticano anche, deridendoli, i «piagnoni con il cuore grosso come una padella, che sugli ebrei riversano la loro solidale pietà», mentre da questi ultimi deriva il veleno che ammorba il mondo.

A un certo punto, però, mi imbatto in un lungo trafiletto in cui l'autore dell'articolo se la prende contro una nuova categoria, i *fascisti fantasma*, un'espressione che mi incuriosisce. Chi erano mai? Gli ultimi arrivati, coloro che avevano preso la tessera del partito – così sostiene il critico accigliato – non per vero atto di fede, ma per gesto calcolato:

> Vi sono dei fascisti il cui modo di pensare è davvero originale. Solitamente vivono e prosperano in quella grigia classe borghese «libera pensatrice» e «indipendente» per cui ogni atto di disciplina è considerato quasi come una menomazione del proprio io.
> Le adunate? Neppure per sogno, perché muovere inquadrati verso una determinata meta per le vie della città riesce incompatibile con la loro posizione.
> Sono coloro che non vedrete mai in Gruppo, sono coloro che cercheranno di farvi pervenire per vie traverse la cartolina di adunata ai Settori del Gruppo affidandosi a un amico compiacente, per non avere grane.
> Sono i cronici del grave impegno e della malattia a data fissa.

La camicia nera? Non è necessaria. Tanto, non si sa che sono iscritti al Partito? E allora perché indossarla dal momento che questo nulla aggiungerebbe alla loro tessera?
Sono coloro col naso perennemente arricciato, come se ci avessero sotto in permanenza delle uova fradice.

Ho la sensazione, ma forse è solo una speranza, che Giulio appartenesse a questa specie ectoplasmatica.

I fascisti fantasma.

Che la macchia fosse solo un travestimento da carnevale, uno stratagemma per difendere il suo piccolo mondo di certezze.

Opportunista, sì, opportunista.

Voltagabbana, banderuola, calcolatore, un intero dizionario dei sinonimi! Meglio che squadrista convinto!

Che sollievo adesso scrivere questa parola sul foglio, con tanti punti esclamativi.

Il 1936 segnò anche un altro momento decisivo, che forse può servire a comprendere ulteriormente l'adesione al partito e alla Milizia: l'italianizzazione del cognome in Dreneri, la cosiddetta «riduzione», in seguito a una lettera da Roma firmata dal capo del governo in persona, concessa il 3 marzo, come risulta nel foglio inserzioni della *Gazzetta del Regno d'Italia*. Questo mi porta a pensare che la «fascistizzazione» improvvisa fosse un prezzo inevitabile da pagare, la richiesta di un gesto di fedeltà in cambio della tanto agognata appartenenza alla nazione. Meglio dar prova di buona volontà e iscriversi, piuttosto che andare a combattere magari in Spagna da volontario, come toccò a tanti altri per dimostrare la propria lealtà incondizionata.

Non saprò mai se la scelta di cambiare nome fu velatamente sollecitata da altri, se fosse una condizione implicita per fare carriera o se invece Giulio vi fosse ricorso per piaggeria o addirittura per alzare l'autostima e considerarsi un arrivato. Oppure perché sentiva il bisogno interiore di sbarazzarsi dei sensi di colpa, della memoria urticante che quel Drezner portava con sé, appiccicata alla pelle. Quell'impressione di essere un traditore rispetto alle origini, in confronto continuo con la compattezza morale, l'armonia interiore del padre Srul: un fastidio che prudeva come un eczema. Rimase comunque una macchia. L'idealismo iniziale, la condivisione del nazionalismo di stampo risorgimentale, le motivazioni nobili che lo avevano spinto a scegliere la patria di Mazzini persero smalto, si appesantirono, si contaminarono con compromessi e volgarità. I valori personali dovettero passare in subordine rispetto alla devozione al Duce, al re e alla banca. Essere ebreo divenne un segreto, qualcosa da sussurrare e non sbandierare troppo ai quattro venti. Dreneri vendette l'anima: non era più uno straniero, era diventato come tutti gli altri. *Ma tutti gli altri chi?* Ottenne il cognome italiano e in cambio si ritrovò a vivere sorvegliato a vista in una gabbia: dorata, ma pur sempre una prigione. Attento a quello che diceva, ossessionato dal non far trapelare ciò che veramente pensava. Giulio assomiglia sempre di più al protagonista di

La Tana di Kafka, un animale con un acuto senso del pericolo, la cui vita viene completamente organizzata intorno alla difesa; con i denti e con le unghie, costruisce un intricato sistema di cunicoli e stanze sotterranee progettato per garantirgli un minimo di tranquillità; tuttavia, se la tana riesce a ridurre il senso della minaccia proveniente dall'esterno, l'impegno a mantenere la protezione è egualmente estenuante, perfino più angoscioso.

Bastava essere integrati nel sistema per essere accettati?

Domanda inutile, non aveva tempo per farsela. Bisognava andare avanti senza tanti ripensamenti.

Avanti, per non perdere i privilegi acquisiti, adesso che era arrivato in cima, per non cedere di un millimetro la posizione raggiunta. Avanti, anche a costo della cancellazione della memoria. Era costato troppo arrivare fin lì: troppa fatica, troppa sofferenza, troppi sacrifici. Troppi viaggi e sradicamenti, troppi addii. Bisognava difendere la roccaforte eretta nel presente.

Doveva farlo per Jentka, la gemella che non aveva avuto l'opportunità di salvarsi. Per il patriarca Fejbus, che non aveva potuto lasciare in eredità ai figli la casa di mattoni.

Per *i suoi*, per tutti coloro che erano rimasti intrappolati ed erano spariti nell'inferno dei pogrom.

Il destino però aveva in serbo un piano diverso. Il profumo della vittoria e del successo durò ben poco.

Sono figlio di Israel

Già nei primi mesi del 1938, al Credito Italiano iniziarono a percepirsi dei sentori di agitazione, che culminarono con l'emanazione delle leggi razziali. Non furono un fulmine a ciel sereno, c'erano state avvisaglie. Il 14 luglio, mentre la famiglia Orvieto festeggiava il compleanno della più piccina, Wanda, sul *Giornale d'Italia* usciva il *Manifesto degli scienziati razzisti*, dove si leggeva: «Gli ebrei non appartengono alla razza italiana». Il concetto venne ribadito un mese dopo quando, il 5 agosto, il primo numero della *Difesa della razza* rincarò la dose: «È tempo che gli italiani si proclamino francamente razzisti».

Sul finire dell'estate, iniziò un censimento su scala nazionale di tutti gli abitanti di fede ebraica, che rappresentò la prima concreta misura persecutoria, volta a valutarne la presenza nei vari settori della società.

Si poneva il problema tecnico, non da poco, di dover sostituire i funzionari che spesso, come nel caso di Giulio, occupavano ruoli importanti e quindi erano difficilmente rimpiazzabili su due piedi. Inoltre questi ultimi, intuendo il pericolo, avevano cominciato a disinvestire il capitale azionario per utilizzarlo nell'acquisto di oro, monili che venivano poi trafugati in Svizzera. Divennero frequenti gite improvvise a Campione e a Lugano. Anche i Dreneri vi si recarono con la scusa di una vacanza oltre confine e di imprecisate cure mediche per la salute di Rosa. I prelievi di grosse cifre causarono un crollo in borsa e spesso intaccarono le riserve speciali. Il governatore della Banca d'Italia, Vincenzo Azzolini, scrisse una lettera dove esprimeva la sua preoccupazione al capo di Stato e cercò di spiegare i motivi della «recentissima recessione dei corsi azionari»: la corsa degli ebrei all'acquisto di gioielli, il mercato clandestino dell'oro, il conseguente aumento del prezzo di acquisto del metallo, i valori trafugati all'estero; ma nonostante il tono allarmato del governatore, Mussolini si limitò a rispondere con una breve missiva, in cui chiedeva senza troppo interesse ulteriori chiarimenti e chiudeva la questione, quasi infastidito dall'eccesso di zelo.

Già nell'agosto 1938 le banche erano state sollecitate a fornire un elenco dei collaboratori, distinguendo tra impiegati semplici e quelli operativamente più importanti. Il nome Dreneri appare insieme ai vari Levi, Tagliacozzo, Orefice, Servi, Coen, Terracini. A destra dei cognomi nella lista, il nominativo del funzionario subentrante. Il bisnonno, allora condirettore addetto alla direzione centrale, venne sostituito prima col vicedirettore addetto Adolfo Ciatto; questo sostituito a sua volta col funzionario Tullio Soldà, già da qualche mese destinato al posto di vicedirettore.

Il duplice passaggio da un rimpiazzo all'altro mi fa pensare che non fosse facile trovare un degno successore, come dall'atto appare evidente che Soldà, già da alcuni mesi, fosse consapevole che Dreneri era ormai un nominativo uscente. In realtà al Credito Italiano non tutti la pensavano allo stesso modo e in diversi si adoperarono per ricollocare i colleghi discriminati in filiali straniere, lontane dal fascismo. Ci fu un coinvolgimento emotivo, una partecipazione al dramma: da un giorno all'altro amici e collaboratori venivano esclusi e cacciati. Un trauma anche per chi restava e, soprattutto, una decisione imposta dall'alto e non condivisa, che non lasciò tutti indifferenti. Le alternative proposte erano Il Cairo, Tunisi o la Francia. Ma i controlli potevano arrivare anche là, per cui l'unica soluzione vera e propria era l'espatrio definitivo. Bisognava agire con riservatezza, ci potevano essere spie infiltrate, informatori. Giulio salì al timone di una nave che stava per affondare; voleva condurla salva in porto, anche se avesse comportato disfarsi di gran parte del carico. In un primo momento optò per Parigi, l'antica meta dei sogni di libertà giovanili. Vi si recò per un sopralluogo con la scusa di una missione temporanea e chiese che gli venissero inviati dei soldi. La banca cercò di aiutarlo inventando un incarico formale che avrebbe potuto ricoprire presso la capitale, per dargli il tempo di organizzarsi, di programmare la fuga. L'indennità di trasferta concessa: duemilacinquecento franchi mensili, una bella cifra per l'epoca. Ma anche in Francia la situazione non era affatto tranquilla. Iniziò una ricerca frenetica della nuova destinazione per mettersi al sicuro. Nel frattempo Alberto partì per gli Stati Uniti. Benché fosse cittadino italiano, rientrò nella quota polacca: il cugino Fejbus gli procurò un documento falso. Fejbus, che nel frattempo era tornato inspiegabilmente da Nancy nella Varsavia ostile dei tagliagole, dei martiri e dei massacri. Provarono a fermarlo, ma lui fu irremovibile: non voleva abbandonare i suoi nel momento del pericolo.

Anche Giulio sarebbe andato volentieri a New York, ma per l'America c'era bisogno di avere già un contratto d'impiego per cinque o sei mesi. Alberto lo ottenne come medico all'ospedale di Chicago, con l'aiuto di un certo dottor Solofrizzo – un nome che sembra inventato tanto è bizzarro ma che, ho verificato, corrispondeva a una persona reale – che si fece garante per lui. In una lettera non firmata che il bisnonno fa arrivare per suo conto proprio a questo signore, chi scrive – probabilmente un dirigente della banca – precisa che quello della *persona in questione*, mai nominata, è un caso particolarmente meritevole, sia per la qualità morale e professionale, sia per la situazione in cui la stessa viene a trovarsi. L'interessato, chiosa l'intermediario, non ha alcuna pretesa per quanto riguarda la sistemazione, gli va bene un qualunque lavoro per ottenere il visto e procurarsi un contratto temporaneo. Una volta a New York penserebbe poi lui a trovarsi dove abitare.

A cinquantatré anni suonati, Giulio era disposto a ricominciare tutto da capo. Erano fatti così i Dresner, cadevano e si rialzavano. Prendevano enormi mazzate dalla sfortuna, traballavano e si rimettevano in piedi. *Vedevano il bicchiere mezzo pieno.* Avevano iniziativa. Bisognava muovere le amicizie acquisite, far fruttare la rete di conoscenze. Ecco che dal fascicolo Dreneri spuntano lettere di raccomandazione, richieste di colloqui che fanno intuire lunghe attese in anticamera, resumé dalla formalità desolante che il bisnonno prepara per autopromuoversi, svariati biglietti, note e appunti lasciati alle segretarie, in cui chiede insistentemente di parlare a consoli e alti funzionari. Un ansioso carosello. Dalla banca il piccolo Lenin esigeva riconoscenza: ai dirigenti *goyim* che non correvano rischi chiedeva almeno buone presentazioni:

> Funzionario molto intelligente, capace, attivo, energico, dotato di una solida e profonda preparazione tecnica. Nel lavoro presso le filiali del Credito Italiano si è particolarmente distinto così da essere chiamato in Direzione centrale per incarichi ispettivi che ha sempre svolto con piena soddisfazione dando notevoli contributi anche nel campo dell'organizzazione.

Accanto alla voce «salute», nel questionario che gli impiegati ebrei dovevano compilare il bisnonno scrive «ottima»: *cavallo di razza, neanche un raffreddore*. Fa di tutto per spolverare i suoi talenti e proporsi al meglio, acrobata del rischio in grado di fare una capriola in aria e afferrare il trapezio. È sopravvissuto alle guardie zariste, è un vincente, non ha certo intenzione di rimetterci le penne proprio adesso. Non si fida delle rassicurazioni di Mussolini, che pare gli scrivesse in privato per blandirlo, per sminuire l'emergenza e invitarlo a restare. Lui ha conosciuto i pogrom. È stanco di interminabili discorsi tronfi, pieni di banalità e luoghi comuni. Non gli crede. Ma l'umiliazione di perdere tutto il prestigio accumulato in anni di sacrificio è alta. Eccolo qua, ce l'ho davanti agli occhi il curriculum scritto a mano, con la calligrafia ottocentesca, allungata ed elegante del bisnonno.

La Russia dove è nato è diventata la Polonia.

I genitori sono ormai morti, davanti ai loro nomi nel dossier scrive «fu». Ma morti come? Di vecchiaia, trapassati da una spada cosacca, durante la guerra? Ha preso parte al funerale? Lo ha saputo per lettera, per telegrafo, perché qualcuno è venuto a trovarlo?

Accanto a religione scrive «ebraica», alla domanda «segue le funzioni religiose» risponde di sì. L'uomo che rideva di Srul il rabbino, il ragazzo ribelle che teneva sotto il cuscino *Il Capitale* di Marx e disprezzava la fede credulona, lo Zelig disposto a cambiare cognome per mimetizzarsi, adesso ribadisce la sua identità. Sì, sono ebreo. E non solo ebreo di nascita, *pure praticante*. E allora? Possiamo viaggiare, girare il mondo, travestirci; appiccicateci nomi diversi, tessere di partito, lustrini e paillettes. Messi alle strette, nel momento decisivo del pericolo, è là, nella nostra cultura di Talmud e libri sacri, di candele di sego e stradine storte, che troveremo rifugio e conforto.

«Con la mia veste lunga, con la mia fiammeggiante toppa gialla, con il mio passo fiero, al mio comando, io me ne torno nel ghetto. Pulisco, calpesto ogni traccia aliena. Mi rotolo nella tua sporcizia. Lode lode lode alla deforme vita ebraica» così scrive in yiddish il poeta Jacob Glatstein, riuscito a emigrare oltreoceano.

Ripenso ai racconti di mia nonna, all'orgoglio della tavola apparecchiata per lo shabbat con i candelieri illuminati e con un posto in più, per un eventuale ospite dell'ultima ora, le benedizioni mormorate in un sussurro impercettibile prima del pasto. Questa era l'eredità spirituale dei Dresner, degli Opatowsky, il patrimonio nascosto che Giulio si portava nel cuore, che gli aveva impedito di impazzire e permesso di superare i traumi, i cambi di città, di lingua, di tradizioni. Nella presentazione al nuovo eventuale datore di lavoro, al console ariano che doveva timbrare un visto, il bisnonno scriveva orgoglioso che *i Dresner sono di religione ebraica*, iscritti alla Comunità di Milano. Era una scelta consapevole la sua.

Ma il tempo stringeva.

Nel 1938 aveva perso la cittadinanza italiana, dato che veniva vietato agli stranieri che l'avevano ottenuta dopo il 1919 di dimorare nel paese. Era divenuto ufficialmente apolide. Non poteva riprendere nemmeno quella polacca, vi aveva rinunciato. Il terreno gli franava velocemente sotto i piedi: Zelig andò nel panico. La talpa, che aveva scavato paziente la sua tana, temette di venir sepolta prima di riuscire a tornare in superficie e comprese che cielo e terra non erano stati creati per lei.

Giulio stavolta avvertì la minaccia, la stretta tragica della persecuzione, dello sradicamento, della perdita; le emozioni rimosse, censurate dopo il primo esilio, la solitudine, la paura, le ansie tenute a freno dalla frenetica attività lavorativa, da quel mondo di valigie e spostamenti, riemersero all'improvviso tutte insieme. Paola e Tullio con i bambini a dicembre partirono per il Cile. Alfredo non volle lasciare la madre Aida e il padre cieco e la famiglia Orvieto tornò a Firenze.

Qualche mese dopo anche i bisnonni si dileguarono.

Dalla Francia raggiunsero Barcellona e, su un piroscafo pieno di sfollati che scappavano dalla guerra di Spagna, raggiunsero Buenos Aires, poi i Levi a Santiago.

Quando nel 1940 la Prefettura di Milano si mise a cercare i coniugi Dreneri per informarli che il cognome italiano era stato revocato e che doveva essere ripristinato quello originario non trovarono nessuno nell'appartamento milanese in via Pecchio 12. Giulio evitò questa ulteriore mortificazione. I Dreneri non avevano fatto denuncia di appartenenza alla razza ebraica, anche se comparivano nel censimento del 1938 e risultavano regolarmente iscritti alla comunità. La lettura dei documenti arrivati dall'Archivio di Stato di Milano (piccolo particolare, ho dovuto pagare per avere il fascicolo) mi genera inquietudine, rabbia e disgusto nei confronti dei persecutori. Mi viene in mente solo un aggettivo: repellente. Vorrei dare loro dei volti o dei nomi per guardarli in faccia e odiarli, ma ogni atto è siglato con un rapido frego che non permette di risalire a un'identità: l'ufficiale dello stato civile, scarabocchio. Il prefetto, il questore, scarabocchio. Giulio diventa un oggetto, una preda da cacciare, una cosa denominata «l'ebreo». Dall'altra parte, esiste una macchina burocratica efficiente che vuole restare anonima, neutra, asettica, quasi trattasse di merci qualunque, non di persone. La Prefettura si accanisce a suon di rimandi a decreti, non si dà per vinta, vuole sapere a tutti i costi che fine hanno fatto questi clandestini che hanno fregato il sistema, questo bottino umano scampato alle grinfie dei bracconieri. Esige che si arrendano, che presentino i documenti necessari, che si dichiarino appartenenti alla razza impura iscrivendosi nei registri. Ma alla fine, nel 1941, dopo un'inutile caccia all'uomo, la polizia si dovette rassegnare: quando bussarono alla porta di via Pecchio, nessuno rispose. Era chiusa a doppia mandata e il bisnonno si era portato via in tasca le chiavi. Una precauzione inutile, immagino, dato che gli appartamenti di loro proprietà furono tutti requisiti. A questo scopo era stato creato nel febbraio 1939 un altro apparato molto produttivo e operoso, l'EGELI, acronimo di Ente di Gestione e Liquidazione Immobiliare, che aveva il compito di incamerare, disporre e vendere i beni e le aziende sottratti agli ebrei italiani. L'ente stipulava convenzioni con gli istituti di credito, affidando loro la gestione dei possedimenti espropriati. Verrà sciolto nel 1957 ma la restituzione di quanto sottratto, affidata al ministero del Tesoro, si protrarrà fino al 1997.

La Questura archiviò a malincuore la pratica e in un breve comunicato i solerti impiegati furono costretti a stabilire che «Dreneri Giulio fu Szaja e la famiglia si sono allontanati per ignota destinazione. Non si rinvengono tracce né presso l'anagrafe di Milano né presso la scheda dei forestieri».

Dissolto in una nuvoletta, come un mago in un gioco di prestigio.

Apparizione, inchino, sparizione.

In poylishe velder

A un certo punto però io me lo sono chiesto: che fine avranno fatto gli Opatowsky, il lato meno lungimirante della famiglia materna di Giulio? I nostalgici, quelli che erano rimasti nel loro paese. Per saperlo sono andata a trovare *il cugino Uri*, che ho rintracciato grazie al provvidenziale Facebook e che adesso vive in Svizzera. L'avevo conosciuto a casa di Elena quando ero un'adolescente. All'inizio credevo che fosse uno dei tanti studenti stranieri che affittavano una stanza e con i quali lei mi voleva regolarmente fidanzare, ma c'era anche un imprecisato rapporto familiare che non avevo mai capito fino in fondo. Veniva *da laggiù*, dalla Polonia.

«Anche lui è un Dresner» diceva tutta fiera la nonna facendogli passare con orgoglio un braccio intorno alle spalle, anche se avevo la sensazione che estendesse il grado di parentela più per simpatia che per un effettivo vincolo di sangue. Finalmente adesso ho capito chi sia: il figlio di Chaim Tobias, il cugino di cui Elena era innamorata da piccola, con il quale era cresciuta a Nancy, a sua volta figlio di Fejbus Opatowsky, il giovane.

Ricordavo un ragazzone abbronzato, con due grandi occhi azzurri e una massa di capelli biondi, e mi ritrovo davanti un elegante signore di mezza età dalla chioma brizzolata, in doppiopetto grigio e cravatta. Mi racconta, mentre sorseggiamo un tè freddo seduti davanti al lago di Ginevra, in un simpatico locale all'aperto pieno di cameriere molto cortesi che cinguettano *bonjour* e *merci*, di aver fatto base in quella città, da dove ancora oggi si sposta continuamente per viaggiare in tutto il mondo, sempre per lavoro. *Quale lavoro?* Cercherò di scoprirlo per tutto il nostro incontro, senza capirci granché. Uri e la compagna sono molto gentili e parlano un inglese fin troppo perfetto, con la sicurezza di chi è abituato ai rapporti internazionali. Sono una coppia tipicamente ginevrina e nello stesso tempo cosmopolita. In questo momento, mi confidano, sono indecisi su dove andare ad abitare in futuro. Forse Taiwan? Forse l'India o il Giappone o l'Africa? E perché allora non due case, una per l'inverno e una per l'estate? Insomma, tutto fa pensare che anche l'ex ragazzone biondo abbia impresso nell'anima il marchio ben noto dell'esule senza pace, del *filobatico*, come direbbe lo psicoanalista ungherese Michael Bálint.

Ma chi è davvero *il cugino Uri*, che assomiglia terribilmente a mia nonna, con i suoi occhi azzurro cielo dal taglio un po' obliquo e il fondo malinconico, che mi fotografa continuamente per avere dei ricordi (o per schedarmi?) Potrebbe essere davvero un ingegnere, come mi sembra di capire, oppure un agente segreto, uno 007 del Mossad. Una cosa però ce l'abbiamo in comune: tutti e due siamo stati vittime della congiura del silenzio familiare. Suo padre, Chaim Tobias, sopravvissuto a un campo di prigionia durante la guerra, non aveva mai voluto parlare del prima, del *laggiù*. Comprensibilmente Uri, una volta cresciuto, si era ribellato e aveva sentito il bisogno di sapere; aveva ricostruito come poteva, aveva consultato archivi e intervistato testimoni, cercando di rimettere insieme i pezzi e di riempire i buchi della memoria. E adesso, in quel caffè sul lago di Ginevra, prova a mettermele davanti, queste tessere spaiate di un puzzle invisibile, che hanno la consistenza di fiocchi di neve. Eccoci seduti uno davanti all'altra, cugini improvvisati, ognuno con il suo album di foto, come bambini eccitati che si scambiano le figurine, pronti ad arrampicarci come scimmie su impervi alberi genealogici. Alla mia domanda su che fine abbiano fatto gli Opatowsky, Uri mi informa che suo nonno Fejbus e la sorella di lui, Bella, celebre cantante lirica («aveva studiato a Berlino con Rubinstein») furono trasferiti nel ghetto di Sosnowiec insieme ad altri parenti, dopo l'avvento dei nazisti. Alcuni morirono lì, altri nei campi di sterminio, altri ancora restarono a Łódź a combattere nella resistenza, pur conoscendo il destino tragico che li attendeva. Infine mi mette davanti agli occhi la fotocopia di un dipinto. È un quadro terribile, impressionante. Ritrae persone penzolanti da una forca improvvisata, strangolate con funi legate alle travi del soffitto, all'interno di una specie di segheria. Ufficiali delle SS compiaciuti osservano la scena. È stato fatto da Sura Rivka, un'altra sorella di Fejbus, una pittrice all'epoca già abbastanza famosa nell'ambiente artistico ebraico. I nazisti, dopo aver confiscato i beni e le ditte di filati e di legname di famiglia, l'avevano costretta con sadismo a ritrarre l'impiccagione dei suoi parenti. Lei aveva obbedito nella speranza che avrebbero risparmiato la sua vita e quella dei figli, un'aspettativa che si rivelò presto infondata. Furono uccisi tutti. Il padre di Uri, miracolosamente scampato a quella strage, si unì all'Armata rossa per combattere i tedeschi, fu catturato e imprigionato e poi, dopo la guerra, si rifugiò in Palestina.

Non gli restava più nulla della sua gente, a parte una cassettina di legno marcio dove erano contenute delle lettere in yiddish, tra le quali vari carteggi con le figlie di Zamenhof e Theodor Herzl. Un altro Opatowsky, Yosef Meir, il dandy che indossava il mantello nero alla Oscar Wilde, riuscì a fuggire in America e divenne uno scrittore di successo. Pare che Marc Chagall gli abbia fatto perfino un ritratto. Cambiò il cognome in Opatoshu. Il figlio di Yosef, David, diventato sceneggiatore, ha poi sposato la sorella di Steven Spielberg. Mentre dentro di me penso a come contattare il cognato di Spielberg e la mia fantasia corre a ipotizzare lucrosi contatti hollywoodiani in virtù della parentela ritrovata, Uri sorride e precisa: «Sì, noi Opatowsky siamo artisti, ma restiamo soprattutto soldati. Non l'abbiamo scelto. È la vita che ha deciso e che ci fa scegliere in modo molto semplice e sbrigativo da quale parte stare: in guerra o in pace, con i torturatori o con le vittime».

Però, mentre gli Opatowsky, idealisti e incapaci di lasciare il loro paese, erano rimasti a Łódź ed erano morti quasi tutti nel ghetto di Sosnowiec e poi nei lager, Giulio Dreneri, con lungimiranza e un briciolo di cinismo, era scappato come aveva fatto molti anni prima, quando aveva seguito il consiglio del vecchio patriarca Fejbus, finendo per rinnegare le sue origini, sbarazzandosi del cognome troppo riconoscibile e mantenendo quello della riduzione. Chiedo a Uri se le lettere custodite nella cassettina siano state tradotte, se non gli sia mai venuta voglia di conoscerne il contenuto. Risponde di no. Forse un giorno, con calma. *Può darsi.* Sono consapevole della fatica e del tormento che quel gesto comporterebbe. Significherebbe riaprire una ferita infetta, rimmergersi nella pesantezza di quel mondo nero e pesante, venirne di nuovo inghiottiti. Lo capisco. Anch'io a volte sento il bisogno di non sapere, di frenare. Succede spesso a noi collezionisti di figurine, salmoni impazziti che risaliamo testardi una corrente a ritroso, scimmie da albero genealogico, con i nostri album incompleti: ci sono spazi per foto che non appariranno mai e le nostre ricerche sono piene di buchi, perché i fantasmi sono furbi e non si fanno acchiappare, ma anche perché ci sono periodi in cui sentiamo il dovere di staccare la spina, di prendere distanza, di mimetizzarci. Ci accorgiamo con terrore di essere fatti di tante parti, che in noi scorrono geni di morti, di estranei che non abbiamo mai conosciuto, di persone che appena nominate ci abitano dentro e si impossessano del nostro cuore, chiedendoci di non dimenticarle. Allora dobbiamo lasciare per un po' quel buio, quel *non luogo*, e tornare al rumore della vita, prima che il virus silenzioso della memoria torni a manifestarsi e il corpo lo assorba, lo somatizzi.

Al momento dei saluti, Uri mi scatta un'ultima fotografia, insieme a mia figlia, per avere un ricordo del nostro incontro. Lo vedo allontanarsi nella sua macchina elegante, sfrecciare per il grande viale alberato di Ginevra, sparire dietro l'angolo, diretto verso un nuovo viaggio o una nuova inquietudine.

Qualche giorno dopo mi arriva per mail un file con la foto, la guardo e mi sento quasi svenire. Che sensazione strana: non sono proprio io, o meglio sono io *e un'altra*. Sarà la suggestione, ma mi pare di essere identica a mia nonna Elena.

Cerco su Amazon i libri di Yosef Opatoshu, dato che sarebbero introvabili in una libreria o in una biblioteca italiana. Mi arrivano impacchettate alcune edizioni usate in inglese di *In poylishe velder*, pubblicato in America nel 1938, tradotto con il titolo *In Polish Woods* da Isaac Goldberg, e di *Rabbi Akiba*, diventato *The Last Revolt*. Chi avrà avuto questi volumi in casa? Ci saranno stati altri ricercatori come me desiderosi di trovare risposte, ansiosi di sfogliare quelle vecchie pagine con dita febbrili? Nella spedizione, come regalo aggiunto, è anche accluso un dvd del film tratto dal suo romanzo più celebre, *Romance of a Horsethief*, memorie di un ladro di cavalli. Il film è stato sceneggiato dal figlio David e diretto da Abraham Polonsky. Il cast include molte star in erba come Yul Brynner, Eli Wallach, divo del teatro yiddish, una giovanissima Jane Birkin, Serge Gainsbourg e perfino la nostrana Marilù Tolo. La pellicola, del 1971, è chiaramente datata e fa sorridere; si parla del paese di Malwa sottomesso allo zar Alessandro e funestato dalle razzie delle guardie capitanate dal perfido Yul Brynner, che decide di sequestrare tutti i cavalli della zona, lasciando gli allevatori nella povertà. Dopo varie peripezie e l'arrivo di Birkin, che è stata a studiare *fuori*, a Parigi, e torna al paese natale piena di fermenti rivoluzionari, con relativo lancio di volantini antizaristi e conseguente storia d'amore con il ribelle protagonista, il gruppetto di sovversivi, travestendosi, riesce a recuperare con l'inganno i cavalli rubati e a oltrepassare il confine, verso la ritrovata libertà. Nel finale i fuggitivi si salutano davanti alla boscaglia e si disperdono a coppie, a gruppi, in un addio silenzioso, prima di venire inghiottiti per sempre dall'abbraccio degli alberi.

Be', io, alla fine di questo filmetto ridicolo, ho pianto come un'idiota. All'inizio non ho capito perché; poi mi sono resa conto che dipendeva proprio da quell'immagine della foresta. Il finale faceva vedere, semplificando la storia, esattamente quello che era successo alla famiglia polacca di Giulio. Chi era rimasto a farsi uccidere, chi aveva passato il confine sul carro di fieno. In quella selva fitta ognuno aveva preso una strada diversa, un sentiero che l'aveva portato dritto al suo destino di salvezza o di morte. E in quei *poylishe velder* che si estendono per chilometri, fatti di querce secolari, verdissimi d'estate, spietati d'inverno, molti altri, moltissimi ebrei avrebbero trovato il supplizio, fucilati, impiccati, bruciati nelle fosse comuni, oppure la speranza, come gli eroici fratelli Bielsky, i partigiani che salvarono migliaia di abitanti dei ghetti dallo sterminio, combattendo contro le forze naziste nella Polonia occupata e nella Bielorussia.

Mi chiedo se Giulio Dreneri, un tempo Opatowska, durante il suo esilio in Cile abbia mai provato nostalgia per quegli alberi altissimi, per quei boschi di betulle, come mia nonna l'aveva sempre avuta per la serenella di Nancy.

Altri addii

Da un diverso archivio milanese, quello della Pirelli, arrivano notizie di un altro esule. Sono informazioni relative a Tullio Levi, il marito di Paola, vicedirettore del laboratorio della società dal 1921 al 1938. Sono riuscita a ritrovare buona parte dei documenti relativi alla sua permanenza nell'azienda e al suo espatrio. Anche Tullio aveva fatto un'ottima carriera: il suo nome è nella rosa dei chimici più affermati in Italia, al momento dell'espulsione a opera del regime. Oltre a lavorare alla Pirelli, aveva insegnato per molti anni al Politecnico di Milano, con onori e riconoscimenti. Venne allontanato chiaramente anche da lì. Le leggi razziali devastarono il suo percorso umano e professionale. La separazione dall'Italia per lui fu più dolorosa che per Giulio, e maggiore la delusione: lui ci era nato e cresciuto. C'è una straziante lettera d'addio ai dirigenti della società, un fogliettino scritto di suo pugno:

> Lasciando la Pirelli, dove ho servito per diciotto anni, desidero che giunga a Lei e a suo fratello Dottor Piero l'espressione della mia profonda deferenza e i miei più devoti ossequi.

Al biglietto compilato e firmato, venne mandato in risposta un breve comunicato dattiloscritto dove i vertici ringraziavano per le sentite righe e facevano (abbastanza formalmente, devo dire) i migliori auguri per il futuro. A onor del vero, i dirigenti della Pirelli fecero qualcosa di più, elargirono un prestito, una sorta di liquidazione (anche se una cifra minore di quella che Tullio richiedeva); ma, tra le righe di quel foglio scritto a mano, si intuisce un sentimento che non è solo formale. È il grande dispiacere di lasciare un posto che non era stato un luogo di lavoro e basta, ma rappresentava una parte dell'esistenza, con i suoi valori e i suoi sogni, un pezzo della propria storia personale: *diciotto anni di vita vissuta*. In virtù di quel rapporto di stima e di presunta condivisione, si capisce perché Tullio, in una lettera del 22 dicembre 1945, da Valparaíso, pregasse i vecchi datori di farlo rientrare.

> Il Sottoscritto lasciò la Società e l'Italia nel 1938 solo perché costrettovi dalle ingiuste Leggi razziali e desidererebbe tornare in patria sia per svolgervi la sua attività professionale, sia per far studiare i figlioli in università italiane. Pertanto si permette prospettare a cotesta Onorevole Direzione detto suo desiderio, fiducioso che per i motivi iniqui che lo obbligarono all'esilio e per il lavoro precedentemente svolto, cotesta spettabile Direzione si compiacerà di dargli una conveniente sistemazione.

Per Tullio, a differenza di Giulio, l'addio al paese dove era nato non fu una ripartenza o l'inizio di una nuova avventura eccitante. Fu un abbandono forzato. Non sapeva cadere e rialzarsi. Nella lettera di richiesta inviata ai capi della Pirelli, dal tono stavolta più ufficiale, si intravedono tanti sentimenti rimasti a lungo inespressi: la frustrazione dell'allontanamento in Cile, dove probabilmente non era riuscito a inserirsi, la nostalgia, la rabbia per essere stato costretto da causa maggiore a fuggire, il desiderio di essere riammesso in virtù di quei famosi diciotto anni di fedeltà all'azienda. L'appello alla comprensione per i figli che dovevano tornare a casa, almeno loro, e riprendere un'esistenza interrotta.

Quella lettera è il grido d'aiuto di un uomo disperato.

Io non so come sia andata a finire, se la Pirelli abbia smarrito la richiesta, se abbia proprio negato un nuovo impiego a quel devoto ex-dipendente, se siano sopraggiunte difficoltà. Quel documento, l'ipotetica lettera di risposta, non esiste e il legame con la realtà a questo punto si spezza. In mancanza di prove, restano soltanto la fantasia e la supposizione. Rimangono i *può darsi*. Una cosa è certa: Tullio non era un trasformista, non sapeva riadattarsi. Non ne era capace o forse non lo voleva. La ferita della perdita non guarì mai, continuava a far male, giorno dopo giorno.

Forse fu per questo motivo, o forse perché, come aveva temuto Giulio, la depressione bipolare era una malattia ereditaria, che Tullio Levi, quando scoppiò il golpe, non ce la fece a sopportare lo scenario violento di una nuova dittatura.

Come già avevano fatto suo padre e suo nonno, prese un flacone di barbiturici e si tolse la vita.

*

C'è infine un altro piccolo fantasma muto in questa vicenda di esilio e distruzione. Uno spirito innocente che si è materializzato solo per un attimo in questa storia, giusto in un paio di fotografie. Una vita così fugace che è stata risucchiata dal silenzio e nessuno ne ha mai più parlato.

Che fine ha fatto la bambina, Graziella?

Alberto se n'è lavato le mani ed è espatriato in America, Anna Maria Faldini si è recata in Brasile; però nella lista dei passeggeri sulla nave non compare nessuna bimba con quel nome. Possibile che a tre anni sia stata lasciata in Italia mentre la madre si recava all'estero da sola, così lontano?

Eppure Graziella in Brasile ci arrivò.

Solo che morì pochi mesi dopo, a quattro anni, per *complicazioni polmonari*. Forse era già malata alla partenza o forse si ammalò durante il tragitto in nave; o peggiorò e non resse alle fatiche del viaggio.

È sepolta nel cimitero Vila Mariana di San Paolo.

È la seconda bambina della famiglia Dresner morta durante l'esilio, dopo Israel, il primo figlio maschio di Giulio e Rosa.

Non so come sia andata nella realtà questa vicenda tristissima. Se Alberto l'avesse davvero abbandonata per disinteresse, perché non più innamorato di sua moglie, se fosse reticente a farsi carico di pastoie sentimentali. Se volesse dimenticarla per ricominciare una vita in America con l'aiuto di Solofrizzo o se si trattasse di un allontanamento provvisorio per cercare una situazione di stabilità, come avevano fatto i genitori di Elena quando la lasciarono a Nancy.

Se ne sentisse la mancanza o se rappresentasse soltanto un impiccio ingombrante di cui disfarsi senza un rimpianto. Non ci sono risposte, e nemmeno *può darsi*.

Rimane di fatto il rettangolo muto di questa piccola tomba bianca, così distante nel tempo e nello spazio, nel cimitero di San Paolo. Non ne avrei mai conosciuto l'esistenza se non avessi fatto questa ricerca. Noto che Graziella è morta l'8 ottobre 1939, a pochi giorni di distanza dalla data in cui nel 1998, sempre in ottobre, il 12, se ne andrà mia nonna.

Due figlie inutili.

Tutto ciò che posso fare è accendere una candela Yizkor in ricordo, dire una benedizione e raccontare, anche se con poche parole, questa biografia tanto breve.

Julio

Arrivato in Cile, Giulio assunse immediatamente una identità diversa, con la facilità con cui si entra in un nuovo vestito. Tirò su la zip, divenne Julio Dreneri e iniziò a lavorare nell'industria della gomma dove Tullio Levi era un tecnico (il bisnonno arrivò ai vertici dirigenziali anche lì, nella nuova ditta). La convivenza tra genero e suocero fu un fallimento totale: per Julio il marito di Paola era un inetto, un incapace, un debole che non si preoccupava del benessere dei nipoti. Non li nutriva abbastanza, li aveva portati in un paese senza futuro. La tensione divenne insostenibile al punto che i Dreneri, sentendosi caldamente sollecitati, si trasferirono in periferia, a Cerrillos.

Le rare foto in mio possesso mostrano un uomo grassoccio, calvo, imbolsito. Rosa invece sempre più evanescente, triste, spenta. Tra loro parlavano in yiddish quando non volevano che i nipotini li capissero. Ma i rapporti con l'ebraismo e con il prima vennero di fatto recisi. I sentimenti legati al passato erano un terreno scivoloso, pieno di buche e di insidie, in cui era rischioso avventurarsi e inciampare. D'altra parte il senso di colpa per i parenti rimasti nel pericolo, deportati o uccisi, era devastante.

Come era sempre presente il pensiero per Elena, lasciata in Italia con le bambine, mentre dai cinegiornali arrivavano notizie allarmanti di discorsi invasati, invasioni e parate militari.

L'immagine della famiglia di Fejbus massacrata nella segheria, una visione impossibile da cancellare, insostenibile.

Andava eliminata ogni traccia, con una saggia politica di rimozione, per permettere di ritrovare ossigeno e pace almeno in vecchiaia. Paola aveva fatto battezzare i figli prima della partenza, consapevole che il Sud America era un luogo antisemita: il cognome Levi era già un simbolo ingombrante, uno stigma che brillava come una stella gialla appuntata sul petto. Per il resto era bene mimetizzarsi: i bambini a scuola dalle suore, via tradizioni e feste sostituite da preghiere cattoliche e inchini prudenti alla statua della Madonna.

Rosa non resse al nuovo esilio e a tutto questo.

Morì di crisi cardiaca nel 1951.

Due anni dopo Julio si risposò con una cilena che, incredibilmente, si chiamava Julia, e si convertì al cristianesimo, ultima tappa di uno sfaldamento identitario ormai definitivo e inarrestabile.

Dalla nonna ho ereditato un piccolo quaderno marrone, dove sono raccolte le poesie di suo padre, scritte quando era ormai da molti anni in Cile. Lei lo conservava gelosamente e dopo la sua morte l'ho preso in custodia. Sono poesie scritte a mano, in uno spagnolo castigliano ormai desueto, da vecchio hidalgo, vergate con la stessa calligrafia allungata ed elegante, da uomo di altri tempi, che ho già trovato nei documenti milanesi.

L'ultimo gioco di magia, imparare e domare la lingua del paese ospitante, come si fa con un cavallo imbizzarrito che diventa a poco a poco mansueto e apporta così prestigio a chi lo addomestica. Una dinamica indispensabile per ridurre lo stress, un braccio di ferro con l'esilio: ovunque andasse il bisnonno voleva avere l'illusione di essere perfettamente integrato, per non avvertire la scottatura del fallimento.

Nelle ultime pagine del libro c'è una dedica alla figlia Paola.

«A mi Paola, con alma trepidante, su padre que la adora.»

Questa raccolta è dunque un testamento, una bandiera bianca, una richiesta di perdono. L'uomo invecchiato, l'esule stanco ha deciso di mostrarsi finalmente vulnerabile e di lasciare alla figlia maggiore un po' della sua anima ancora vibrante, ormai falena in agonia, che continua a svolazzare intrappolata sotto un bicchiere. Glielo deve. È lei che ha insistito per salvarlo durante la guerra, a convincerlo che la Francia non era un luogo sicuro. E lui, in cambio, non è stato molto riconoscente. Non solo ha scalzato Tullio nel lavoro, diventando dirigente della fabbrica della gomma dove proprio il genero gli ha trovato un impiego, ma lo ha tormentato con dispetti e pregiudizi. Non ha dato una buona immagine di sé e ora vuole rimediare, chiedere scusa o forse soltanto salvare la faccia. Non è stato un buon padre, neanche un buon marito, sicuramente non è un esempio di coerenza. Cerco di carpire qualcosa della personalità complessa di Julio, studiando la scrittura da maestro di scuola, le rime semplici e banali dalle quali emerge soltanto una normale voglia di esprimersi, non la tanto citata genialità.

Mi lascio cullare dal suono musicale dello spagnolo, scorro le pagine ingiallite del vecchio quaderno marrone.

I soggetti delle poesie sono quasi sempre biblici, un omaggio ai suoi studi religiosi: molti personaggi presi dalla Torah, certo, ma anche poemi su Paolo VI, Gesù, la buona samaritana. Dal comandamento «non uccidere» si passa alla storia di Raskòl'nikov di Dostoevskij: nella morale finale che conclude ogni componimento, Julio condanna tutti gli assassini della storia, soprattutto Stalin («vil y reo»), Hitler («el maldito») e l'ex-amico, Mussolini («el malvado, gran duce y payaso»).

Ci sono anche alcuni sonetti sulla Rivoluzione russa. Giustizia è la parola che ricorre di più. *Non fare il male! Condividi con gli altri! Ama il tuo prossimo! Aiuta i deboli!* Sono poesie ingenue, piuttosto retoriche, in rime baciate, sembrano scritte da un ragazzino delle medie, uno studente che si prende molto sul serio. *Era un uomo verboso*, mi ripeteva sempre mia madre. Ma quello che emerge da questo mondo di carta è una fragilità patetica che potrebbe infastidirmi e invece mi commuove. L'eroe della leggenda è stanco di camminare impettito a testa alta. Il gigante è disposto a crollare e prova a misurarsi, goffamente, con il mondo inesplorato delle emozioni. Non a caso, la figura centrale, la poesia che mi colpisce di più è quella dedicata ai *Miserabili* di Victor Hugo, alla figura di Jean Valjean, criminale prima per troppo idealismo, poi per abitudine, redento dalla fede e dall'amore. È come se il vecchio hidalgo, identificandosi nel ribelle francese, provi a recuperare parti perdute della storia, a fare il punto sulla propria esistenza. Opatowsky, Dresner, Dreneri, il comunista, l'esperantista, il banchiere, l'ebreo, il cattolico, l'industriale, il fascista: che importa? Niente più specchi difensivi. Qui parla Julio, e basta.

La justicia sin clemencia
Es un acto de potencia
De asiomas, aserciones,
El gran Dios omnipotente
Es flexible y clemente
Y perdona transgresiones.

La giustizia senza misericordia è un ritorno alle radici religiose della giovinezza, un concetto che avrebbe potuto appartenere a Szaja. Si dice di continuo infatti che Dio ha due facce, addirittura due nomi: Hashèm e Elohim, uno che indica la clemenza e l'altro la rettitudine. Il mondo ha necessità di entrambe, di tutte e due queste componenti, altrimenti crollerebbe. Ma in questi versi emerge soprattutto il desiderio di Julio di essere assolto per le sue «transgresiones». Siamo arrivati alla fine: il vecchio equilibrista circense salta giù dalla corda tesa, scende nell'arena davanti alla platea per il giudizio finale, l'applauso o il fischio del pubblico. Ha bisogno degli altri, della loro compassione. Se ha sbagliato, è stato per eccesso di vita, come Jean Valjean. Dopo i compromessi, gli arrabattamenti, gli espedienti e le scelte che l'hanno portato a conoscere la parte peggiore dell'animo umano, dopo le cattiverie ricevute e inflitte, dopo le fughe che hanno mangiato i sogni e fatto a pezzi gli ideali, resta solo uno spirito esausto.

Sono poesie scritte da un uomo svuotato, che ha conosciuto la dittatura, lo sradicamento da un paese all'altro, i soprusi di ogni genere e adesso chiede riposo.

Julio morì l'11 dicembre 1971. Sul necrologio venne riportato il cognome italianizzato, Dreneri, ma anche quello materno, Opatowska, accanto a una stella di David. Simboli apparentemente discordanti, dissociati. L'identità italiana era il monumento alla carriera e al potere raggiunto: il fascismo aveva voluto portargliela via, cancellarla, ma lui non si era fatto strappare almeno quel nome ambito, conquistato con sacrificio, da persona importante. Quel sogno in cui aveva creduto. Dreneri aveva conosciuto la difficoltà di fare carriera da ebreo e straniero nel colosso bancario cristiano. La fatica di arrampicarsi, aggrappandosi a mani nude, fin sulla cima della montagna del successo, anche se aveva potuto dare solo una fugace occhiata al panorama.

E poi, l'altra appartenenza, quella polacca. Il cognome di Tauba Chaja, la madre a cui era sempre rimasto legato da una nostalgia struggente. Ma anche il ricordo delle radici, degli ideali giovanili, delle società clandestine, di quando con il cugino Fejbus credeva nei valori della libertà, in quelle cantine fumose di Varsavia.

Nel testamento lasciò ad Alberto metà dei suoi averi, alle due figlie e alla nuova moglie l'altra metà.

Per la nonna quel quaderno marrone era la vera eredità morale del padre. Ne andava fiera, lo esibiva con orgoglio, quasi fosse un manuale di istruzioni alla vita o il libretto rosso di Mao Tse-tung. Sembrava ignorare soltanto un piccolo ma non trascurabile particolare: le poesie non erano dedicate a lei, ma all'altra figlia, Paola. Era impossibile competere con la primogenita. L'intellettuale che suonava il piano, guidava l'automobile e indossava i pantaloni come poche donne all'epoca. Che portava un taglio di capelli corto, moderno e intrigante, che la faceva somigliare all'attrice Claudette Colbert. Julio le aveva scritto quella frase da innamorato perché la riteneva *degna* di capire la profondità delle sue poesie. Elena era considerata soltanto la moglie di Alfredo, la madre di due belle bambine, niente di più. Non aveva altri talenti speciali che la facessero amare, che la rendessero eccezionale, unica, necessaria. Era la frivola, infantile Nora di una minuscola casa di bambola ebraica, la lodoletta maneggiata come fosse un giocattolo dal padre-marito.

Nonostante tutto, la nonna continuava a idealizzare e difendere la famiglia che l'aveva abbandonata e maltrattata.

Ne avrebbe tramandato i valori, pagandone le conseguenze.

IV

IL CORPO DELLA NONNA

NORA: (in fretta) Potresti darmi del denaro, Torvald. Solo un pochino, una somma di cui ti sembri di poter fare a meno. Mi comprerò poi qualcosa più tardi.
HELMER: Ma, Nora...
NORA: Sì, caro Torvald, dimmi di sì, ti prego; io metto il denaro in una bella carta dorata e lo appendo all'albero. Non sarà carino?

HENRIK IBSEN, *Casa di bambola*

Manzertà!

Dal giugno del 1937 Alfredo e Elena con le figlie tornarono a Firenze. Un anno dopo li colpì la tragedia delle leggi razziali. Alfredo, privato del suo impiego alla Società Mineraria Valdarno, in preda allo sconforto, cercò di organizzarsi come meglio poteva. Passò al lavoro nero, divenne revisore di conti per privati. Il matrimonio, scosso da tante difficoltà e tensioni, cominciò a vacillare, prendendo la china della frattura definitiva.

La prima ragione di dissapore familiare risaliva ad anni addietro e riguardava una insofferenza reciproca tra nuora e suocera. Le due non si sopportavano. Aida si sentiva giudicata da quella ragazza spavalda con il cognome straniero di chiaro stampo ashkenazita, che aveva preteso di trasportare da Milano il maestoso pianoforte Otto Karl-Phillip che neanche sapeva suonare. Ma quello era un simbolo di distinzione, stava a significare e precisare che lei era diversa, anticonformista, che veniva da un ambiente colto e sofisticato, di stampo internazionale. In effetti le donne Dresner erano un gradino sopra quelle italiane. Arrivavano con un bagaglio culturale maggiore, in una società dove le altre erano appena in grado di leggere e scrivere, tuttalpiù destinate a fare la maestra. Molte ebree straniere, dalla già citata Aurelia Josz a Anna Kuliscioff, la compagna di Filippo Turati, misero a disposizione il loro sapere e contribuirono attivamente alla creazione del femminismo, facendo una fatica terribile a imporsi in un mondo declinato al maschile che le costringeva a entrare dalla porta di servizio, ammirandole ma temendole. Nel caso della famiglia Dresner, per esempio, Paola aveva frequentato il Conservatorio e probabilmente conosceva bene il disegno tecnico perché in Cile in seguito lavorò presso uno studio di architettura, mentre sua figlia Bice, poi Beatriz, divenne una delle prime geologhe del paese.

I Dresner sapevano di essere un passo avanti, provavano piacere a marcare la superiorità intellettuale e di classe, rafforzava il loro ego scisso e fragile. Per questo il pianoforte era un dettaglio importante per la nonna intrappolata in una dimensione troppo stretta e angusta. L'equivalente del gelato al maraschino tenuto in mano nella sua coppetta d'argento che Madame Bovary gusta con il cucchiaino tra i denti, socchiudendo gli occhi e immaginando di essere altrove. Il sogno. Era questo il patto, la speranza, no?

Essere una moglie bambina, bella, capricciosa e un po' viziata come non lo era mai stata dai genitori; una Nora ibseniana, appunto, una lodoletta, un lucherino sempre cinguettante, di un'allegria isterica, istrionica.

Trovare nel marito una figura paterna, accudente.

Andare in vacanza a Maresca, dare feste estive e improvvisare spettacoli d'intrattenimento, dove ballava vestita da uomo sulle note di *Gigolette*.

Giocare con le figlie, insegnare loro la *mazur polska*, confezionare bambole e teatrini di marionette. Portarle a mangiare i *gurken*, i cetrioli, venduti da un baracchino ambulante in piazza Duomo (*O che è roba da bambini? Fan venire l'acidità di stomaco!* la sgridava la suocera), passare i pomeriggi al cinema con Augusto, che l'aveva presa in simpatia (*un cieco al cinema, che bella idea. Meno male che lei è colta e sa dabberare le lingue!*) Queste erano le condizioni implicite nell'accordo coniugale, la strategia per respirare in un matrimonio senza amore.

Ma queste cose Aida non le poteva capire. Non poteva capire perché per lo shabbat si doveva tenere aperta la porta (*entrano gli spifferi e anche gli sguardi di chi mi intendo io*), per accogliere un estraneo per giunta, per l'*oreach*, l'ospite che poteva arrivare all'ultimo minuto. *Che stranezze socialiste. Mica erano una trattoria, loro!* Gli Orvieto quei piatti Ginori, quei bicchieri, quel cibo se li erano guadagnati con il sangue e con il sudore. E poi, ulteriore oltraggio e disonore, alla nuora non piaceva la carne macellata dal padre Roberto. Eppure era carne di prima scelta, *con tutti i ta'ammim che quelli come lei che vivono laggiù in quei villaggi di morti di fame se la sognano la notte!* Sua altezza aveva altri gusti, prediligeva il *gefilte fish*, un pasticcio di carpa in agrodolce che pareva colla. Una poltiglia puzzolente, nauseante. Che se lo mangiasse lei, *quella manzertà*. E poi i termini in yiddish con cui si rivolgeva alle figlie per Aida erano l'equivalente dell'ostrogoto, la facevano sentire esclusa, inferiore. Per non parlare delle canzoncine strimpellate al piano, *Tulilem Blem Blu* del Trio Lescano, con le parole storpiate, spesso allo scopo di deriderla dietro le spalle, mentre c'era il bagno da fare alle ragazzine, *cose pratiche,* priorità a cui una buona madre avrebbe dovuto pensare!

«Una famiglia è anche – forse soprattutto – fatta di voci che si intrecciano attraverso la tavola a pranzo e a cena, di rimbrotti, di scherzi, di battute slegate, di frasi che si ripetono a ogni data occasione; è un linguaggio comprensibile solo a chi lo pratica, una rete di ricordi e richiami.» Così scrive Italo Calvino dedicando a *Lessico famigliare* di Natalia Ginzburg un notevole risvolto editoriale apparso nel 1963.

Elena si sentiva esclusa da quel ritmo serrato, da quei rimandi al ghettaiolo che le risultavano incomprensibili. Era abituata al suono del francese, allo yiddish.

Il pianoforte Otto Karl-Phillip fatto venire da Milano non rappresentava solo un puntiglio o uno sfoggio, il simbolo vittorioso di una superiorità snobistica. Era un canale d'espressione che scavalcava la parola. Era *la sua voce*, come quando da piccola si divertiva a rompere il silenzio dell'appartamento borghese dei genitori pestando sui tasti bianchi e neri, quasi a dire: io ci sono, io esisto. Su quella tastiera l'anima doveva continuare a esercitarsi, per non morire.

Sbadigliava invece quando la suocera tirava fuori la tombola e chiamava tutti i numeri con il loro equivalente in ebraico (*13, Besiman tov. 45, Iudio. 25, Chanukka. Cinquina!*); o metteva i suoi dischi sul grammofono, ripetendo per l'ennesima volta la storia della carezza di Verdi. Smaniava quando si recavano all'opera e madre e figlio, seduti nel palco, tenendosi la mano come una vecchia coppia di fidanzati, mugolavano rapiti la melodia e si commuovevano fino alle lacrime per i dolori di Mimì, mentre lei non capiva un accidente di quello che i cantanti lirici gorgheggiavano.

Le foto d'epoca che ritraggono la famiglia, lei con Alfredo e le due figlie, sono tristi. I coniugi sono distanti. Lui porta un improbabile berretto da marinaio che stona con l'espressione compassata, ha messo su pancia. Lei invece appare sempre più magra, prosciugata, la bellezza avvizzita. Non sorridono mai.

Dopo il 1938 l'equilibrio già traballante precipitò.

Casa Orvieto era sempre stata un luogo opprimente, lamentoso, attraversato dal senso della catastrofe imminente. Un atteggiamento da vittima predestinata a cui i combattenti Dresner erano sempre stati refrattari.

Gli Orvieto riflettono, i Dresner agiscono. Gli Orvieto conservano, i Dresner regalano.

Era da tempo che Alfredo, in contatto con la realtà internazionale, aveva iniziato a preoccuparsi: come Herzl, il suo modello, aveva intuito il pericolo gravante sull'Europa, il fremito del battito d'ali di un'aquila minacciosa, emerso in piccoli segnali inquietanti. L'espulsione degli ebrei dalla Baviera, il numerus clausus applicato alle università ungheresi, austriache e rumene, il boicottaggio commerciale polacco. Ma tutto era sembrato ancora lontano, inconcepibile per i regnicoli assimilati o comunque integrati nella cultura della nazione (*«Chi è un israelita? Un italiano che non va a messa la domenica»*, barzelletta ricorrente in casa). Moglie e figlie lo prendevano in giro quando leggeva il quotidiano e commentava con cadenza cupa e tono apprensivo le notizie. «Un bambino è morto di raffreddore» lo imitava Elena tappandosi il naso, contraffacendo la voce per farla sembrare monotona e lagnosa come quella del marito, e le ragazzine divertite ripetevano in coro: «c'era scritto sul giornale».

Ma dopo il 1938 con la perdita del lavoro Alfredo cadde in una depressione vera e propria. Vide la realtà che aveva faticosamente costruito crollare pezzo per pezzo come un castello di carte. Aida prese a consolarlo, a commiserarlo. Elena mordeva il freno. Avrebbe voluto rimboccarsi le maniche come avevano fatto altre famiglie. Magari riprendere il lavoro di sarta, sfruttare le conoscenze di ragioneria, curare la contabilità in via privata, fare qualcosa, insomma, non restare passivi. Non aveva intenzione di portare il lutto per la vita spezzata.

Manzertà, le grida dietro la suocera.

Poi arrivò la partenza della famiglia, l'abbandono dei Dresner, il nuovo esilio in Cile e anche lei precipitò nel vuoto.

Alfredo smise perfino di rincasare la sera, quando rientrava dai suoi viaggi di revisione dei conti in provincia. Spesso andava a dormire direttamente dalla madre.

Tua per sempre.

La fotografia con aria sognante regalata nei giorni del fidanzamento finì chiusa nel cassetto.

Alfredo non era Torvald. Come poteva Elena darsi anima e corpo a un marito che non regalava mai un fiore o faceva un complimento, che tornava solo per portare valigie piene di uova, pane e formaggio, merci di scambio? Un supporto puramente funzionale. Dov'era il romanticismo dei film, dei romanzi d'appendice di Carolina Invernizio che teneva nascosti sotto il letto, i palpiti e gli struggimenti che le avevano arrossato le guance giocando con il cuginetto Chaim Tobias, durante l'infanzia a Nancy? Nonostante tutto, era follemente gelosa. Anche perché, come se non bastasse, fin dai tempi in cui vivevano a Milano era nata una certa simpatia tra Alfredo e la sorella Paola. Una relazione di sicuro platonica, ma non del tutto chiara e trasparente, fatta di lettere segrete e inviti clandestini al cinema, di cui lei era sempre stata tenuta all'oscuro.

Può darsi.

Che Roberta e Wanda, le figlie, giocassero molto da sole.

Come tutti i bambini ingegnosi, si sono organizzate un mondo privato a loro misura nella casa silenziosa. Nello studio del padre hanno inventato un ufficio, pieno di carte e buste. Quelli sono i documenti del Lavoro Nero, che tiene il papà sempre lontano. Intorno alla parola proibita e misteriosa hanno fatto nascere una fiorente attività di spie. Roberta è il capo, seleziona i fogli, timbra le buste bianche. La sorella è la segretaria, ma è confusa, disordinata e spesso viene rimbrottata dal superiore.

«Non mettere i fogli gialli su quelli celesti. Non sai fare nulla. Lascia, faccio da me.»

Allora Wanda si allontana mortificata. Si annoia. Girella per la stanza. Con la punta delle dita sfiora la maniglia del cassetto più in alto. I cassetti sono proibiti, è lì dentro che vivono gli affari e i segreti di famiglia, e al buio regna il Lavoro Nero, un mostro che si rigenera continuamente, che chiede un'attenzione costante. Pensa che forse, se svolgono anche loro un po' di quel lavoro, il papà tornerà prima. La mano afferra il pomello, tira, le dita minute frugano nell'oscurità dell'interno. Appare un piccolo scrigno. Wanda gira la chiavetta nella serratura minuscola, lo apre: dentro c'è un fascio di lettere color lavanda. Le porta orgogliosa alla sorella.

«Dove le hai trovate?»

Roberta la scuote, la prende per un braccio, le fa male.

«Sono mie!»

«Dammele!»

I fogli di carta velina volano leggeri sul pavimento, planano come aeroplanini sulle mattonelle fredde. Roberta ne raccoglie uno. C'è la calligrafia di Alfredo. «Paola, mia adorata.» Capisce che si tratta di una lettera d'amore.

Come in quel romanzo, che ha rubato dalla libreria e divorato di nascosto di notte quando bisognava tenere la luce spenta.

Wanda le strappa il foglio di mano e prima che lei possa fare qualcosa corre dalla mamma. È seduta al tavolo del soggiorno, cuce. La bambina le porge il suo tesoro, fa una linguaccia alla sorella più grande, che è subito accorsa, presagendo il disastro. Elena legge, diventa rossa. La bocca le si indurisce, si trasforma in linea sottile. Comincia a stracciare meccanicamente la carta. Poi si alza, mette il cappello, indossa la mantella facendola roteare sulle spalle. La stoffa si solleva, delineando per un attimo nell'aria la forma di due ali nere di uccello minaccioso.

«Mammina, dove vai?»

La porta di casa si richiude, non arriva una risposta. Le bambine guardano i coriandoli sparsi per la stanza. Iniziano a raccoglierli, se ne riempiono le tasche per cancellare le prove della marachella.

«Tornerà?»

Wanda guarda Roberta con gli occhi sgranati, impaurita. Le arriva giusto alla vita, è sempre stata più bassa. È un piccolo nano fastidioso.

La maggiore le dà furiosa una spinta, la bimba cade a terra e comincia a singhiozzare in silenzio.

Quando arrivò il 1943 il matrimonio era di fatto naufragato. Alfredo era riuscito a trovare un nascondiglio in provincia di Grosseto, grazie ad amici fidati. Ma all'ultimo minuto decise che si sarebbero separati, recandosi in due luoghi diversi: lui, Aida, Augusto, la sorella Noemi e suo figlio Luciano da una parte. La moglie con le bambine da un'altra. Questo gesto, spacciato per precauzione necessaria, rappresentò un ulteriore tradimento. Elena, che si era sentita abbandonata dai familiari spariti oltreoceano, visse l'atto come violento e aggressivo. Il marito aveva ancora una volta preferito la madre, lasciandole in balia degli eventi, sole nel pericolo, nella paura.

È vero, aveva provveduto a nasconderle. Aveva pensato alle *cose pratiche*. Ma di fatto aveva smesso di esistere come presenza affettuosa e familiare.

Quello che accadde in quegli anni, dal 1943 fino alla liberazione, l'ho già raccontato prima, in altre pagine.

La fame, la persecuzione, la lotta, la reazione alle difficoltà in stile Dresner. Mia madre partigiana nel bosco, di notte, con una Beretta calibro nove in mano, a soli quindici anni.

È cosa nota. Non ci torno più su.

Una piccola donna che vuole troppo dalla vita

Nel maggio 1945, finita la guerra, Alfredo riapparve come se niente fosse accaduto. Ma trovò un'Elena furiosa, decisa a chiudere una volta per tutte il rapporto, una donna risentita che gli propose subito la separazione consensuale a patto di tenersi le figlie. Nora non era più disposta a rientrare nella sua casa di bambola, ad accettare l'ipocrisia di un matrimonio di facciata. Alfredo non dette seguito o importanza a questa richiesta, non si allarmò, pensando a una boutade passeggera, all'ennesimo capriccio di un'isterica. Elena però faceva sul serio: la solitudine l'aveva irrobustita o almeno questo credeva. Ricorse a un avvocato, chiese dei soldi per ricominciare una vita.

Anche perché da Santiago era arrivata una lettera di Giulio. Sconvolto dal senso di colpa per quanto era accaduto a Fejbus, a Graziella morta in Brasile, offriva biglietti già pagati per il Cile e invitava Elena a raggiungerlo subito con le nipoti. Sarebbe dovuta andare a Roma al consolato, poi un sacerdote amico le avrebbe spiegato come fare. Una volta recatasi in Spagna a Barcellona, avrebbe preso un piroscafo per Buenos Aires e avrebbe raggiunto in seguito i parenti. Era già tutto stabilito. Viaggio pagato a lei e alle bambine.

Naturalmente Giulio non si rendeva conto che non era una scelta così facile. Per lui le separazioni erano scontate, indolori: qualche valigia e arrivederci. Ma non aveva preso in considerazione che Wanda e Roberta erano ancora affezionate al padre. Anzi, avevano vissuto la sua assenza durante la guerra colpevolizzando se stesse, come spesso fanno i bambini. Se il papà si era nascosto con la nonna, se era sparito per un anno intero, forse avevano fatto qualcosa di male, qualcosa che l'aveva urtato, ferito, deluso? Era un castigo immeritato, che non capivano. Ora più che mai avevano bisogno di ricucire un rapporto, che Alfredo si prendesse cura di loro. Sparire all'improvviso era troppo destabilizzante. Elena dovette quindi a malincuore rinunciare al piano, perfetto sulla carta ma irrealizzabile nella realtà, per il bene delle figlie. Iniziò però una lunga battaglia legale.

Alfredo naturalmente non si assunse alcuna responsabilità, continuò a interpretare la parte del marito offeso, tradito, con una moglie irriconoscente, «che non ha mai saputo darmi un giorno di gioia», come scrisse a un confidente in una lettera. Ignorò i sentimenti feriti di Elena facendo passare lei per colpevole. Le propose di coabitare a Castelnuovo de' Sabbioni «in un elegante e comodissimo appartamento» messo a disposizione dalla Società Mineraria Valdarno, presso cui era tornato a essere direttore amministrativo. Offrì ancora una volta *cose pratiche*, soluzioni borghesi. Lei rifiutò e decise di rientrare con le figlie a Firenze. Dai documenti che ho salvato dalle mani di mia madre prima che finissero nella spazzatura, ho potuto ricostruire la dinamica dei rapporti familiari in quegli anni. Un concentrato di litigi, ricatti, richieste di denaro. Molti interventi chirurgici e spese mediche a carico di Alfredo, una specie di risarcimento affettivo, di bisogno rabbioso di attenzione: Elena e le figlie erano uscite dalla guerra denutrite, malmesse, con una salute cagionevole e vari acciacchi. Wanda aveva avuto la malaria, Roberta soffriva di dolori artritici e di una sciatica atroce per aver dovuto dormire per terra. I denti erano caduti per mancanza di calcio. C'era bisogno di cure ricostituenti. Appaiono degenze in clinica per un'appendicite nel 1947, per un tumore alla mammella di Elena nello stesso anno, un ciclo di vitamine. Il tutto viene registrato da Alfredo come mera burocrazia, seccatura, fatture da pagare: nessun commento, nessuna partecipazione emotiva.

Avvenne un fatto che sembrò riportare l'armonia e rischiarò per un attimo il cupo orizzonte familiare. Roberta, dopo un periodo di preparazione all'*aksharà* di Cevoli, dove i giovani ebrei si apprestavano ad affrontare l'esperienza del kibbutz, aveva deciso di partire per Israele, lo stato da poco fondato. Questo ringalluzzì Alfredo, nutrì il suo ego e risanò la ferita narcisistica del fallimento come padre e marito. Sicuramente la scelta di mia madre era dettata anche dal tentativo di guadagnare il suo consenso.

A fine dicembre si imbarcò da Venezia insieme a Wanda, che però pochi mesi dopo tornò in Italia scoraggiata da quella vita troppo dura. Le figlie sconsigliarono alla madre di raggiungerle. Alfredo, che sperava di sbarazzarsi di quella moglie scomoda, in una lettera a un amico parla di *progetti andati in fumo*, che gli causano un malessere tale da costringerlo a letto per una settimana *con disturbi epatici congestivi*. Ma il dramma vero e proprio esplose quando anche Roberta decise di rientrare in Italia, oltretutto per sposare un *goy*, organizzando un rapido matrimonio prima per procura e poi in via ufficiale nell'agosto 1949. Era troppo fragile interiormente, aveva bisogno di costruire una famiglia sua, anche se con un compagno che si rivelò sbagliato. E poi sulla decisione influì molto il fatto che Elena sarebbe rimasta da sola in un momento di palese difficoltà personale. La figlia-genitore non poteva permetterlo. Il ritorno da Israele delle due ragazze e le nozze della maggiore con un cattolico furono motivo di rinnovata umiliazione per Alfredo e aprirono un baratro definitivo tra lui e le donne di casa, un nuovo taglio che si ricucì in parte solo con la nascita della prima figlia di Roberta, nel luglio 1950.

Sempre nei documenti ritrovati scopro che nel febbraio 1952 Alfredo comprò alla moglie e a Wanda un appartamento per sistemarle; ma di nuovo fu tempesta quando nel maggio dello stesso anno Elena acconsentì al fidanzamento della minore con un giovane nullatenente, anche lui cristiano, accogliendolo come un figlio. I due si sposeranno nel 1953.

A quel punto la nonna si ritrovò di nuovo sola, priva di punti di riferimento, con la paura di finire vecchia e senza un soldo. Delusa, amareggiata, svalutata come persona. Iniziò un periodo angoscioso di vagabondaggio per l'Italia, alla ricerca del posto giusto dove fermarsi, di una collocazione nella vita. Era come essere a sua volta apolide, senza cittadinanza umana. Prima ad Abano Terme per la cura dell'artrosi, poi a Maresca. Alfredo propose un compromesso, un'abitazione dove lui sarebbe andato a trovarla saltuariamente; ma la convivenza coniugale era fuori discussione. Non se la sentiva di lasciare la madre, per non arrecarle *un nuovo trauma psichico*. Nel 1945 infatti Augusto era morto di infarto, non aveva retto alla tempesta di lutti e di perdite causata dalla guerra. Aida ora vedova reclamava attenzioni dal figlio prediletto.

Elena, infastidita per essere stata messa ancora in secondo piano, senza salutare il marito si recò a quel punto a Roma, di nuovo al consolato del Cile. Probabilmente l'intenzione era quella di usufruire dell'originaria proposta del padre e raggiungere i familiari in Sud America. Era la sua ultima spiaggia. Ma stavolta Giulio non era più disponibile ad ascoltarla. In realtà, quando aveva fatto il suo invito non era tanto interessato a lei quanto alle nipoti. Le *sue* discendenti. La promessa era a termine, aveva una data di scadenza.

In quel periodo poi aveva la testa occupata. Il 17 settembre 1953 si risposò, appena due anni dopo la morte di Rosa. Un gesto che riempì Elena di disapprovazione: lei e la madre si erano progressivamente riavvicinate, si erano scritte. Rosa nel 1949 era andata a trovarla e la nonna aveva percepito tutta la sua solitudine e la difficoltà ad affrontare l'ennesimo sradicamento. Tanto più che Giulio l'aveva praticamente abbandonata a se stessa, impegnando tutte le energie in modo ossessivo per integrarsi nel paese e nell'ambiente lavorativo, ricominciando il braccio di ferro con il potere, dimenticandola a casa. Lei, a quel punto, si era lasciata andare, era svanita a poco a poco.

«Gli uomini sono tutti inaffidabili» afferma la nonna in una lettera indirizzata proprio ad Alfredo.

Una delle tante, senza risposta. Come quella inviata un anno prima, in occasione del compleanno di lui, dove si alternano tristezza, umiliazione, scatti di orgoglio e improvvise fragilità.

Carissimo Alfredo,

sembra impossibile che una moglie debba scrivere al marito per fargli gli auguri, ma non posso andare al telefono perché non mi sento bene e qualcosa dentro di me non va. Tu sei stato così comprensivo in tutti questi anni e ti prego di esserlo ancora. Ti supplico abbi pazienza con me, sono sola, triste, stanca. Così come capisco la tua vita, la tua situazione, il tuo grande cuore, cerca di capirmi. Non so ritrovarmi perché la mia vita si è fermata quando avevo otto anni e non so più andare avanti. Solo tu sei stato buono con me, solo tu hai avuto una parola come un padre, un amico, un fratello. Tu sai che non so dire una cosa per un'altra, ti chiedo solo di aspettare, di avere pietà di me perché non son altro che una piccola donna che vuole troppo dalla vita. Non venire da me, non sto bene e mi vedresti abbattuta e tristemente stanca. Forse se saprò che mi capisci, forse troverò la forza per ricominciare. Forse, perché ti giuro che sono così esausta, così sfinita che non ho il coraggio di vederti, solo ti chiedo perdono di quello che posso averti fatto soffrire in tutti questi anni e ti prego fai in modo che solo il tuo cuore risponda. Se crudelmente tu pensi che io non merito niente, non darmi niente! Ti ricordi a Milano quando ti abbracciai piangendo, quanto desiderio avevo di starti vicino? Ma la vita non vuole e non si può far niente contro la vita. Non ho più la forza di lottare, non posso e non voglio guarire. Tu hai diritto di essere felice con una donna che sappia vedere in te quello che di meraviglioso hai: intelligenza, comprensione, tutto. Per me è troppo tardi e non accetto la tua pietà. Ho sbagliato e pago con lacrime, con l'abbandono dell'affetto delle figlie, ma pago e se uscirò da qui rifarò quello che ho fatto perché non posso e non voglio vivere. Perdonami Alfredo e abbi pietà del mio ricordo, vedi ti ho voluto e ti voglio bene e non ho mai saputo dimostrartelo e così di malinteso in malinteso pago! Ti prego accetta i miei auguri, sii felice e dimenticami se puoi.

Leggendo questa lettera melodrammatica all'inizio ho provato una sensazione di fastidio per il tono patetico, più che un'effettiva solidarietà femminile, e ho pensato: *ecco, un'altra manipolazione in stile Dresner*. In ogni separazione o divorzio esistono sempre due versioni della storia. Il nonno accusava Elena di sfruttarlo economicamente, di dichiararsi a parole indipendente, ma di usufruire senza remore del suo denaro, spesso per cure mediche di malattie fantomatiche, che lui reputava inventate, scuse o capricci. Lei lo provocava per farsi detestare e poter continuare a idealizzare un genitore punitivo; l'antico conflitto con la madre si era spostato. Tuttavia Alfredo non aveva le risorse per gestire una donna così complicata. Era fatto così, se c'era un problema non affrontava la causa, non si poneva domande: staccava un assegno.

Era troppo preso dalla sua immagine esterna, dal suo impegno di presidente della Comunità ebraica di Firenze, un ruolo che ricoprì dal 1945 al 1964, gli anni della ricostruzione, con risultati eccezionali. Ricostruì la scuola, l'ospizio, intessé rapporti con i sindaci e le autorità, inaugurò la lapide ai deportati, primo segno tangibile a livello cittadino delle persecuzioni subite dagli ebrei fiorentini.

Il punto però è che mi sento ingannata. E l'intraprendenza di Nora in tutto questo dov'era finita? L'uccellino finalmente libero dalla voliera, la moglie bambina che una volta cresciuta proclamava la sua autonomia e usciva di scena a testa alta, lasciandosi alle spalle una vita fasulla che non desiderava. Cos'era quella remissività, al limite del masochismo? La lettera della nonna cerca di impietosire per chiedere un ulteriore aiuto economico? Nelle accuse dure a se stessa c'è solo commiserazione o parla davvero la solitudine antica della figlia considerata cattiva, sbagliata, castigata in modo insensibile? Quei malanni fisici erano dovuti all'ipocondria o la depressione derivava da una salute effettivamente cagionevole?

In ogni caso sembra un crollo autentico, la confusione di qualcuno che annaspa senza trovare una via d'uscita, senza far pace con quel disprezzo ricevuto dai genitori quando si ribellava ai loro voleri.

Si riproduceva lo stesso schema familiare: la ricerca di attenzione verso un padre-marito insensibile che non la vedeva nemmeno e la puniva con l'indifferenza. Anzi, le minacce di suicidio, le coercizioni per indurre interesse e preoccupazione, in Alfredo suscitavano solo collera e senso di colpa, andando a esacerbare una relazione sempre più compromessa.

Elena si riduceva a implorare un uomo arido e assente che l'aveva tradita, anche se in modo platonico, con la sorella e con chissà quante altre. Lei, la Dresner del mito, la bambina piena di fantasia, la ragazza allegra che ballava il foxtrot, l'artista creativa che costruiva con le sue mani teatrini di carta e dipingeva ceramiche pennellando fiori di lillà, la persona impavida che aveva cucito la bandiera dei partigiani, si era dissolta nel nulla e adesso si definiva *una piccola donna che vuole troppo dalla vita*.

Non era *troppo*: era l'unica cosa che il marito non poteva darle, per incapacità.

Quello che lei aveva percepito come *fratello, amico e compagno pieno di bontà e comprensione* non era Alfredo, era un fantasma inesistente come lo era stato il padre. Un'ulteriore idealizzazione, un'immagine a cui si era aggrappata, cercando di salvarsi nel naufragio.

Il secondo motivo del mio malessere è che nel testo si

fa riferimento a un tentativo di suicidio non riuscito. Potrebbe sembrare una sparata a effetto, detta per impressionare e suscitare pietà. Ma un anno dopo, proprio in seguito al mancato invito del padre ad accoglierla in Cile, a causa dell'indifferenza dei due uomini più importanti della sua vita, la nonna ci provò davvero e quasi riuscì nel suo intento. Finì addirittura in cronaca sulla *Nazione*, il quotidiano della città. Si parla di una donna di quarantacinque anni ricoverata all'ospedale fiorentino di Careggi, di cui poi si specifica il nome nell'articolo, alla faccia della privacy, per aver ingerito una dose imprecisata di nembutal. Wanda, che la soccorse, cercò di attribuire il gesto a un dosaggio sbagliato, dato che Elena soffriva di una infiammazione al trigemino. Tentò di proteggerne la dignità, depistò i cronisti affermando che si trattava di una svista, minimizzando. Ma la verità era chiaramente un'altra. Ancora spese mediche da pagare per Alfredo, che dovette provvedere alla degenza prima a Santa Maria Nuova, poi in una clinica privata. Al solito amico scrisse in tono sprezzante, parlando della moglie: *speriamo che la cura possa mettere una toppa al suo sistema nervoso sgangherato.*

Questa, conclude, è *la dolorosa cronistoria*, nella quale lui aveva sempre ricoperto il ruolo della vittima incompresa. Aveva fatto quello che aveva potuto per quella famiglia disgraziata e se c'era stato un fallimento non era certo colpa sua, ma di quella *manzertà*.

La mia coscienza è a posto, chiosa compatendosi con magnanima autoindulgenza, alla fine del messaggio contrito.

*

Negli anni successivi si separeranno definitivamente e, tra alti e bassi, si rivedranno in modo saltuario, tra litigi, riappacificazioni provvisorie e nuove incompatibilità, fino alla scomparsa di lui, avvenuta nel 1971.

Lo stesso anno della morte di Giulio.

V

SPARGERE LE CENERI

I sentimenti non sono un lusso, bensì un aiuto complesso nella lotta per l'esistenza.

ANTONIO DAMASIO

Vieni, siediti

Il corpo della nonna era massiccio, rigido; avevo sempre la strana sensazione che portasse un busto ortopedico e forse era così. Sembrava quello di una statua, magari perché io me lo immaginavo così il corpo dei Dresner. Intirizzito, pietrificato. Non erano dei monumenti viventi al coraggio? A volte mi ricordava quello dei manichini da sarta, imbottiti, con un'anima di fil di ferro. Li teneva nel salotto che fungeva da sartoria.

Quando la toccavo, la abbracciavo, la parte superiore era dura, il torace mi faceva pensare a un'armatura.

Rivedo la macchina da cucire Singer, ripenso ai cartamodelli. Mi viene in mente che in fondo chi cuce fa questo, rammenda strappi; nel suo caso forse l'attività di sarta non era solo un tributo a Rosa o il mettere in pratica quello che aveva imparato in collegio, traducendolo in mestiere. Coincideva con il tentativo inconscio di richiudere e tenere insieme il vestito dell'identità, come mia madre si affrettava a mettere toppe sui gomiti delle maglie e i ginocchi dei pantaloni quando appariva l'insidia di un buco.

Ma anche questa spiegazione non mi convince. No, non era tutto qui. Per la nonna cucire non rappresentava solo l'atto di rappezzare, riparare un difetto, perché la sua vitalità strabordava all'esterno, si trasformava in gesto creativo e generoso.

Me la ricordo in camicia da notte, la sagoma distesa di fianco nel letto quando dormivamo insieme. Il suo russare a causa dell'enfisema. Il letto era un luogo centrale nel nostro rapporto. Anche il materasso era sodo, compatto. Adorava stendersi, mettere molti cuscini dietro la schiena e mangiare seduta davanti alla televisione. Lo chiamava con una parola yiddish, *kumsitz*. Alla lettera: vieni, siediti. In realtà il termine indica in generale un pasto consumato fuori e in Israele è un'espressione adottata per definire i raduni serali attorno a un falò. E proprio come intorno a un fuoco immaginario chiacchieravamo, commentavamo i programmi, a volte mi raccontava frammenti di storie.

I nostri telefilm preferiti erano *Arsenio Lupin, il ladro gentiluomo* e *Attenti a quei due*.

A me piaceva Tony Curtis, a lei Roger Moore.

Mi faceva compagnia anche quando guardavo i cartoni animati. Si divertiva con Tom e Jerry, con Candy Candy, seduta sulla sedia a dondolo, realizzando all'uncinetto non comuni golfini o insulse sciarpette come le altre nonne, ma borse ricavate dalla plastica dei sacchetti, tagliati a listarelle: erano ecologiche, andavano di moda negli anni Settanta, soprattutto in Sud America.

Ogni tanto metteva sul giradischi un vecchio vinile di Edith Piaf o Jacques Brel e mormorava le parole di *Ne me quitte pas*.

Mi piaceva questa calma, erano dei rari momenti di

tranquillità di cui avevo un grande bisogno. Lontana dai litigi che regnavano in casa, niente tensione.

Stare nello stesso spazio in silenzio, ognuna facendo le proprie cose, però insieme. Una vicinanza raccolta, quieta ma intensa.

I piedi della nonna erano brutti, storti, callosi. Diceva che aveva *piedi stranieri* perché non riusciva mai a trovare scarpe che le andassero bene, che fossero abbastanza comode.

Ogni tanto passava sulle labbra un filo di rossetto, unica civetteria. Non le ho mai sentito addosso un'essenza, un profumo.

La sua cucina era permeata da un vago odore dolciastro, sapeva di fegato e rognone dato ai gatti. Tagliava quella carne appiccicosa a pezzetti con le forbici e spesso si dimenticava di svuotare i piattini di cui disseminava il pavimento, così i resti finivano per seccarsi ed emanavano un fetore di marcio.

Ma la cucina era anche il luogo magico del tè, che mi insegnò a bere amaro, alla russa, con una zolletta di zucchero in bocca da far sciogliere lentamente. Era il luogo della salsa vinaigrette senza la quale l'insalata era insipida, banale. Da lei ho scoperto il gusto intenso della mostarda, così forte che mi faceva lacrimare gli occhi e pizzicare il naso, dei cetrioli in agrodolce, i famosi *gurken*, estratti direttamente dal vasetto e sgranocchiati a qualunque ora del giorno. Del *potage* di porri e patate alla polacca rinforzato dalla *crème fraîche*.

Aveva una vicina allora novantenne, anche lei non italiana, trapiantata a Firenze, una vecchietta curva e minuta di nome Teresita. La nonna aveva costruito con un asse di legno una passerella ingegnosa che andava da terrazzo a terrazzo tra i loro appartamenti, perché il gatto potesse andare a farle visita e a tenerle compagnia.

Il gatto è indipendente, sceglie con chi stare e quando, diceva. Inutile volerlo rinchiudere. Anche lui era un Dresner vagabondo ed errante! Ecco il motivo delle tante statuette di porcellana in regalo con l'effigie felina, provenienti da tutto il mondo. Era il suo animale preferito, una specie di spirito guida in cui si identificava.

Ogni tanto mi portava alla rosticceria cinese – all'epoca era una cosa rara, esotica, ce n'erano pochissime in città – e ordinavamo involtini primavera e pollo alle mandorle.

Mi piaceva andare al mercato con lei perché tutti la conoscevano e la salutavano con simpatia.

Mi piaceva la sua erre arrotata, che ha anche mia figlia.

Mi cantava la ninna nanna *Schluf mein Kind* con la quale Giulio la faceva addormentare. Mi ha insegnato qualche parola in yiddish ma, curiosamente, ricordo soltanto due espressioni: *dumkoft* e *drek mit leber*, rispettivamente «idiota» e «non vali nulla»! Doveva essere una famiglia che giudicava molto l'esterno, magari i suoi stessi componenti. A chi erano rivolte quelle definizioni così violente, denigratorie?

Ogni tanto spariva per un viaggio e tornava con buffe fotografie: in sella a un cammello in Israele, oppure con un'orribile maschera peruviana sul volto.

Aveva ricucito un rapporto con Paola, dopo la morte di Alfredo. Cominciarono ad arrivare regali da Santiago, una foglia di rame, il metallo tipico del Cile, dei poncho di vigogna, dei cioccolatini appiccicosi fatti con il *dulce de leche*, delle cartoline con le Ande innevate. La sorella le aveva scritto anche una lettera dopo che si erano incontrate, quando la nonna era andata a visitarla, una poesia molto ermetica, in cui affermava *di aver finalmente imparato ad amare* e che in Elena aveva trovato *fantasia, vita e consolazione*. Dice: *conserverò le tue parole, le tue vocali (sottolineato), la tua storia come un talismano*. Che avrà voluto dire? I Dresner non sapevano parlare in modo diretto, dovevano usare termini altisonanti e giri di parole. Erano incapaci di esprimere sentimenti, non erano abituati, non sapevano cosa fossero, al punto di passarci sopra mentendo e tradendo la fiducia.

Paola l'aveva fatto con Elena.

Mia madre e la nonna, con mio fratello.

Credo che comunque quello rappresentasse un tentativo maldestro di chiedere scusa.

E poi c'è l'ultimo ricordo, il più terribile. La nonna morta, distesa proprio sul letto dove facevamo *kumsitz*, improvvisamente piccola e misera. Nell'anno precedente avevo perso i contatti, vivevo in un'altra città, ci sentivamo di tanto in tanto. Sapevo che era caduta, le crisi di panico durante la notte erano aumentate. Avevo sistemato da lei una mia amica torinese in cerca di una stanza in affitto, ma era dovuta scappare velocemente. Elena vagava di notte, diceva cose sconclusionate, regrediva e piangeva con voce di bambina, si svegliava di soprassalto: la solita storia del giallo, ma molto più potente di altre volte.

Sentiva freddo, non riusciva a respirare. Tossiva. Un senso di oppressione le chiudeva la gola e il petto.

Erano gli stessi giorni della morte di Graziella, la figlia di suo fratello Alberto (per ricordarlo a chi legge), uccisa da *complicazioni polmonari*.

C'erano delle analogie, il trauma si era somatizzato di generazione in generazione?

Era lo stesso copione o una coincidenza?

Forse la nonna ripercorreva la sorte dell'altra *figlia inutile*, in una sorta di sindrome da anniversario?

E poi ricordo.

La donna venuta a lavarla e ad avvolgerla nel lenzuolo, il rabbino che leggeva un salmo, due estranei che in un attimo ci rubarono il suo corpo. Io avevo trentadue anni, stavo in piedi sulla porta, non sapevo che preghiere dire. Mio fratello nella stanza accanto recitava un mantra buddista.

La mamma si arrabbiò, la prese come un'indelicatezza, un affronto personale. Disse che lo faceva apposta, *quell'idiota*, per attirare l'attenzione su di sé, in un momento simile.

No, era confuso. Come quando si era presentato al funerale di Luciano, il figlio della sorella di Alfredo, travestito da ortodosso, con un cappello nero in testa e un maghen david d'oro in bella vista. Forse se l'era addirittura comprato per l'occasione, per un tentativo impacciato di avere qualcosa in comune.

E infine ci sono quelle ceneri che non sono state sparse, quel desiderio rimasto irrealizzato. Quel rito incompiuto da portare in fondo, che io mi sono attribuita come un dovere e ancora non so perché.

Capisco in parte l'irritazione di mia madre. Ma come, si era sacrificata tutta la vita per accudire quella donna esigente, per starle vicino, per compiacerla. Aveva rinunciato alla sua libertà per farle da marito quando Alfredo l'aveva abbandonata senza avere niente o poco in cambio. E lei aveva continuato a preferire un passato congelato, un parossismo di nostalgia; a tornare sempre lì, alla cacciata dall'Eden, cercando di ritrovare la bambina di otto anni a cui avevano portato via la balia. Tutto il suo amore era rimasto in quella bolla staccata dalla realtà, nell'isola felice che aveva dovuto abbandonare. Il resto, le relazioni successive, i legami parentali erano stati vissuti in modo dissociato, unilaterale, reputato dalle figlie egoistico. Non era più rientrata in sé. Così la salvatrice, arrabbiata, si era trasformata in freddo carnefice post mortem, decidendo cosa era più logico fare. Annullando le promesse, come si fa con i vecchi abbandonati in casa di riposo: meglio che non abbiano troppe visite, che non mangino cose troppo saporite. Meglio non assecondarne i capricci. Tutto per un presunto loro bene.

La nonna reclamava attenzioni senza farlo passare come una richiesta, una debolezza, piuttosto come un obbligo. Ai genitori si doveva obbedire, andavano serviti e rispettati come prescrive il quarto comandamento biblico. Onora il padre e la madre. Un monito che suona come una minaccia: se non farai così, morirai. Ma quando mai obbedire a un ordine genera amore autentico?

Metteva in riga le figlie come un generale esigente, cercando di cancellare un'evidente contraddizione: essere una Dresner forte e indipendente e contemporaneamente un'anima fragile e bisognosa che si disintegrava di notte, pigolando con i suoi sonnambulismi, fatto che però non doveva trasparire, di cui non bisognava parlare. Avrebbe diminuito il potere e il prestigio.

Questa pretesa di adorazione incondizionata, di dipendenza, la rassicurava perché privava le figlie della volontà, e quindi della possibilità del tradimento. Potrei dire che mia madre per imitazione ha fatto lo stesso con noi. Ha creato un passato idealizzato e vi si è immersa: ha continuato ad alimentare il mito dell'allieva cacciata da scuola e divenuta per reazione partigiana, combattente, poi pioniera in Israele. Al ritorno nel 1949 la sua esistenza era già conclusa. Non era più la ragazza intrepida e coraggiosa, il colono fondatore di un nuovo stato. Non si piaceva. Era diventata una casalinga banale, non abbastanza importante per gli standard familiari o per i propri. Anche la sua era un'identificazione nociva nei valori appresi dalla nonna, che a sua volta li aveva ricevuti dal padre: l'alternativa al disprezzo di sé, all'ammissione della propria fragilità era la rimozione del dolore, la frammentazione dell'io in una miriade di schegge impazzite. Non far trapelare sentimenti autentici per non perdere l'onore e l'orgoglio.

Non tollerarli nei figli.

Tenere dentro i segreti, con altissimi costi personali e danni ad altre persone. Come nel caso del mio padre biologico.

Perfino su José Valenzuela Levi – nipote di Paola, tornato giovanissimo in Cile durante la dittatura, alcuni anni dopo il golpe – ho saputo la verità casualmente da adulta, in seguito a un viaggio di lavoro a Santiago nel 2008. La mia famiglia aveva sempre taciuto il trascurabile dettaglio che era stato il capo dell'attentato a Pinochet! Era stato eliminato in una strage dimostrativa insieme ad altri undici giovani combattenti l'anno successivo, nel 1987, a soli ventinove anni. I miei avevano fatto finta di niente. Era un passato scabroso, troppo complicato, *politico e di sinistra*, difficile da elaborare, per cui era stato semplicemente censurato, estromesso. Un tempo era comune usare delle bugie per spiegare le morti violente. Mia zia Wanda ad esempio ha sempre creduto – o finto di credere – che mio cugino fosse rimasto ucciso in un incidente di motocicletta.

Ho dedicato anni a recuperare *anche* questa memoria.

E a questo fantasma ho cercato di dare pace con un libro. O almeno di trovarla io scrivendolo.

Scrivo per liberarmi, per smontare e rimontare la mia anima, *come una bambola matrioska*. Vorrei rompere il cerchio dell'omertà, voltare pagina.

Ma cosa significa l'atto di spargere le ceneri? È davvero una liberazione? Oppure è una dispersione nel vuoto che, arrivata all'ultimo capitolo, mi spaventa perché poi non resterà più niente?

Che posto devono occupare le relazioni del passato nella nostra vita?

Ripercorrere il corpo letterario di Elena mi provoca

forti reazioni emotive. La sua rabbia verso i genitori che non avevano tenuto conto dei suoi sentimenti, che li avevano anzi interdetti e messi a tacere, si confonde a tratti con la mia. Certo, ora che sono alla fine, che ho ricostruito contesti e analizzato, che ho rigirato ogni fotografia tra le mani togliendola dalla cornice, la cripta si è dischiusa e sono riemerse anche preziose sensazioni che avevo dimenticato: olfattive, tattili, gioiose. Il profumo della casa, l'odore delle lenzuola e la rigidità del materasso, il gusto sulla lingua dei cibi preparati. Non è poco. In fondo è questo la memoria, il recupero di una fisicità che va al di là dell'idealizzazione agiografica: incarnare lo scomparso, entrare nelle sue scarpe e muovere le dita dei suoi *piedi stranieri*, sentire al suo posto attivando i sensi. Solo così il ricordo si scongela e rivela i suoi tesori, come una gemma che nasce nel ghiaccio e lo rompe in primavera quando fiorisce e il sole consente alla vita di riprendere.

Faccio un gioco, cerco di immaginarmi le figure di questa storia come se fossero delle calzature: Giulio, lucide e perfette, senza macchia o aloni (o quasi). Mia madre, vecchi scarponi lerci da soldato. Io, gli odiati mocassini che mi compravano tutti gli anni, marroni per i giorni di scuola e blu per le feste. Mia nonna, un paio di sandali bianchi, aperti sulla punta, simili a quelli che portano gli anziani, con l'apertura a strappo. Mi accorgo che soltanto quelle di Elena sono scarpe da donna.

Scarpe frivole per piedi sbagliati che le sformano? O più semplicemente comode? Testimoniano un suo conflitto con la sensualità, con il femminile in qualche modo associato alla praticità più che alla bellezza estetica, alla vanità?

Ma poi cos'è il tanto decantato, abusato *femminile*, al di là dei modelli stereotipati che la società ci impone, ci mette sotto il naso? Penso alla bimba che gioca nel sole sotto la serenella a Nancy, che trilla felice rincorsa dalla tata, che canta le filastrocche in francese, la lingua del cuore, che gode di un cioccolatino. Alla festosità, alla leggerezza, al piacere del buon filetto cotto nel burro, alla fluidità dei pomeriggi trascorsi senza fare niente di speciale sotto lo sguardo di una persona accudente, di un testimone comprensivo, che sa e capisce.

Io nel letto che guardo *Attenti a quei due*, la nonna che sferruzza all'uncinetto nel silenzio. Quel silenzio che non era indifferenza ma esprimeva un'emozione, nulla a che fare con la forza reattiva, la ruvidezza maschile: qualcosa di tenue, delicato e tenero.

Identifico questo come *eredità femminile* lasciatami dalla nonna.

Godere della compagnia, senza dover fare qualcosa di epico. La calma dello stare insieme nella stessa stanza, rilassate, senza rispondere alle aspettative di nessuno, *semplicemente stare*.

Uno spazio di partecipazione, di rispetto, dove si condivide senza venire derisi.

Un varco aperto nell'infelicità e nella confusione, una mano caritatevole tesa, una carezza che ridona speranza.

Credo che in qualche modo io e lei avessimo una natura simile. Credo che saremmo state delle persone adulte diverse, delle bambine allegre, se avessimo avuto genitori con vissuti meno tragici e ingombranti, in grado di sorridere, di giocare a nascondino sotto una pianta di lillà. Quel sentire a cui non riuscivo a dare un nome, come una parola-medusa che mi fluttuava nella testa, forse era affetto. Solo che noi non l'avevamo mai provato in quella forma discreta, o in alcuna forma. Eravamo convinte che andasse meritato. Ignoravamo che si potesse donare e ricevere gratuitamente.

Quel sentimento infantile, incosciente, che percepivo in modo confuso, pari a uno stato mentale, una sinfonia fatta di intervalli di quiete, adesso chiede alla me adulta di essere ammesso come essenziale alla mia vita.

Affetto, una parola così piccola, umile; una parola *inutile* per i Dresner e i loro discendenti. Passato senza che lo riconoscessimo.

Riguardo la fotografia che la nonna mi ha regalato, la dedica *alla mia piccola grande amica*, che all'inizio mi aveva irritato perché mi faceva sentire una qualunque, non la nipote legittima, legata a lei dal nobile vincolo della consanguineità. Le inquiline israeliane erano più interessanti di me – avevo sempre pensato –, conoscevano le preghiere giuste, erano estroverse e divertenti, loro sì che erano degne di attenzione e rispetto, non certo io, bastardella nata da un adulterio, ebrea fasulla, di seconda mano. Io mi sentivo *drek mit leber*. Mi rendo conto solo adesso che la frase scritta dalla nonna sul retro della foto continua. Finora non ci avevo fatto caso, avevo rimosso.

Dopo la virgola, Elena ha aggiunto *con tanto amore*.

Eravamo abituate a credere che l'amore fosse doloroso e tormentato, che si dovesse dare in cambio qualcosa di *utile*, di *eccezionale* per ottenere qualche briciola, e non siamo state in grado di capire il nostro legame, non avevamo gli strumenti per comprenderne l'importanza.

Ma adesso so perché eravamo unite da una corrente muta e misteriosa, perché tutte e due avevamo lo stesso disperato bisogno di quei pomeriggi che per noi erano oasi di grazia e di respiro.

Perché ci eravamo viste e riconosciute.

Perché io le volevo bene e lei a me.

I gatti e Martin Buber

Forse succede per le storie quello che avviene per le relazioni importanti. È complicato chiuderle. Anche comporre questo racconto è stato difficile, spietato. Mi ha costretto a riaprire cicatrici, a visitare luoghi dove avrei preferito non tornare.

A scegliere la compagnia dei morti invece di quella dei vivi.

A dividere in due la giornata tracciando un confine: il momento febbrile, folle, della scrittura e quello della vita in famiglia, in uno stato costante di estraneità a entrambi. Dentro e fuori, traditrice verso l'una o l'altra dimensione.

Adesso che sono arrivata al termine del racconto, mi sento bloccata in un limbo smanioso, incapace di procedere. Come se non riuscissi a trovare un'interpretazione soddisfacente, che poi è l'unica ragione per cui si intraprende l'avventura della scrittura, dare un senso.

Eppure ho tutto chiaro in testa.

Nel frattempo però è avvenuto un fatto che ha rimesso in moto le rotelle della fantasia.

Dopo la morte della nonna la maggior parte delle sue

cose sono finite a casa di Wanda. Posso facilmente dedurre il motivo. Mia madre aveva nei confronti del passato un rapporto rabbioso, per cui i documenti, le lettere, le fotografie, tutto doveva finire nella spazzatura, niente andava tenuto. *Il vecchio fa polvere*, diceva, portava segreti, brutti ricordi, energie negative. Andavano distrutte le prove di azioni e perfino di pensieri, come se la memoria fosse un crimine da cui affrancarsi. Invece Wanda era un'accumulatrice seriale, ammassava oggetti utili e inutili ed era divenuta la custode ufficiale del mito Dresner. Una sorella conservava, l'altra distruggeva. Sicuramente c'era una tensione proprio rispetto alla nonna, una gelosia di vecchia data tra le due. Mia madre almeno in apparenza era sempre stata considerata la figlia funzionale, Wanda quella fragile e quindi meno stabile, anche se probabilmente Elena si divertiva di più con lei. Parlavano di viaggi, di gioielli, di vestiti, cose che la mamma giudicava banali rispetto alle già citate e noiosissime *cose pratiche*.

Devo essere riconoscente a mia zia. Molto del materiale che ho usato per elaborare questa trama, immagini, certificati, cartoline, è uscito proprio dai cassetti del suo appartamento, rimasti chiusi a lungo dopo la sua morte. A volte i fantasmi che per anni si sono sdegnosamente negati decidono di farsi trovare all'improvviso. Ed è successo anche per questa storia: felici coincidenze e intuizioni si sono avvicendate in una catena di scoperte, permettendomi di ricucire squarci, di terminare l'albero genealogico che aveva più buchi del groviera, di capire decisioni che sarebbero rimaste altrimenti incomprensibili.

L'episodio determinante che ha rimesso in moto il mio blocco dello scrittore è avvenuto quando mio cugino Jonathan, il figlio di Wanda, si è apprestato a traslocare e di nuovo si è riproposto il problema, già sollevato all'inizio quando parlavo delle ceneri: dove sarebbero dovute finire le memorie dei Dresner?

Anche lui in qualche modo sentiva il bisogno di disfarsi di questo passato, era ansioso di alleggerirsi. Ormai so riconoscere cosa sta dietro a questa ansia di dispersione, di annullamento. Nodi da sciogliere, grovigli di sentimenti che si spera di eliminare gettandoli nel pattume, facendoli sparire dalla vista. Purtroppo non è così facile.

Un giorno, di punto in bianco, sono venuta a sapere che i famosi gatti della nonna sarebbero stati messi in vendita a un'asta. L'ho letto in una chat familiare, per caso, dato che non la apro quasi mai e che i miei fratelli adesso comunicano solo per messaggi WhatsApp, evidentemente meno impegnativi e faticosi di una telefonata. La maggiore raccontava che era andata a scegliersi un gattino di porcellana per ricordo e ci sollecitava a fare lo stesso perché il resto a breve sarebbe stato venduto. Quando ho chiesto, sempre per messaggio, di chi fosse stata la decisione, la brillante idea di sbarazzarsi della collezione – che tra l'altro, sul piano economico, credo avesse il valore di un Frecciarossa andata e ritorno da Firenze a Milano – lei ha risposto che l'aveva stabilito mio cugino. Punto. Come se Elena non fosse anche nostra nonna, come se vigesse anche per le statuette la legge dell'usucapione. Erano state conservate da Wanda, sul *suo suolo*, e quindi appartenevano a lei. Il figlio le aveva ereditate senza che fosse stato detto niente in via ufficiale e ora aveva tutto il diritto di disporne a suo piacimento.

Sono rimasta di sasso. Era come mettere all'asta la nonna. Con il rischio che magari alcuni gatti sarebbero finiti in mani poco affidabili, mani frettolose, simili a quelle di mia madre, che non avrebbe esitato a gettare nell'immondizia quelli che non le piacevano o che riteneva brutti o magari scheggiati e rovinati dal tempo. Nessuno sembrava ricordare o voler dar peso a un dato per me del tutto evidente: il valore affettivo. Tutti noi sapevamo quanto significasse quella collezione per Elena. Rappresentava la famiglia mai avuta, il risarcimento per l'abbandono. La testimonianza che era stata amata da qualcuno, da quei famosi affittuari-figliocci che la chiamavano mammina. Una recita sdolcinata forse, una messinscena patetica, un atto di vanità perfino. Ma anche la prova concreta che per qualcuno era stata importante, che era riuscita a creare legami significativi intorno a sé. Non potevo permettere che andasse perduta.

Sono seguiti altri scambi accesi su WhatsApp. Ero arrabbiata e intristita. Ho annullato una cena con le sorelle, fissata per la sera dopo. Avrebbero voluto sorvolare sul mio malessere, mettendo in pratica l'ormai ben noto insegnamento materno che si deve far finta che vada tutto bene per non turbare una parvenza di quieto vivere. Per giorni sono stata incapace di agire e reagire, in preda a una depressione profonda.

L'atto della vendita mi sembrava un gesto aggressivo, persecutorio. La prendevo sul personale. Ma come, avevo passato un anno a ricostruire episodi, a riempire quella maledetta tomba vuota, mentre gli altri parenti nell'ombra tramavano a mia insaputa per disperdere di nuovo l'eredità spirituale, disfacendo la tela di Penelope, ridendosela alle mie spalle e lasciandomi con un pugno di mosche in mano.

È stato allora che mio marito per consolarmi mi ha suggerito di leggere un'antica fiaba che sembrava scritta per questa occasione, riportata anche da Martin Buber. Dice così:

Rabbi Zusya un giorno stava camminando con i suoi discepoli vicino a un prato, dove un ragazzo teneva a bada un piccolo branco di maiali. Mentre passavano, il giovanotto prese dalla tasca un flautino di legno e cominciò a suonare. Rabbi Zusya si avvicinò, e restò ad ascoltare fino a che il giovane non ebbe terminato la melodia. Lo chiamò a sé, gli dette un copeco, e gli chiese di suonarla di nuovo. Il ragazzo non si fece pregare, intascò la moneta e suonò la sua canzone. Quando ebbe finito, Rabbi Zusya gli porse un altro copeco, e lo invitò a eseguirla ancora. Il pastorello – sempre più sorridente – prese la seconda moneta, e di nuovo attaccò. La cosa si ripeté più e più volte: lui suonava, Rabbi Zusya gli allungava il denaro. Fino a che, dopo parecchi copechi, il poveretto non riuscì più a interpretare la canzone: all'improvviso non la ricordava, le note non gli venivano alle labbra. Il rabbino allora si allontanò senza un cenno di saluto. I discepoli, fatti pochi passi, gli si avvicinarono e si resero conto che lo *tzaddik* stava mormorando il motivo a bocca chiusa, fra sé e sé, con gli occhi che fissavano lontano. Gli chiesero conto della strana scena alla quale avevano assistito e lui spiegò che, passando, aveva riconosciuto la melodia. Si trattava in realtà di uno degli antichi canti con cui i leviti lodavano il Signore quando le mura del Tempio di Gerusalemme ancora si ergevano in terra d'Israele. Un canto esiliato per secoli, come gli ebrei. Con quei copechi, Rabbi Zusya ne aveva pagato il riscatto, e lo aveva riportato a casa: la melodia era stata liberata, finalmente, dalla sua lunga prigionia.

Così ho scritto a mio cugino Jonathan e gli ho detto che se proprio sentiva il bisogno di mettere i gatti all'asta li avrei comprati prima io.

Che mi facesse una proposta economica.

Li avrei acquistati, uno per uno.

Non ce n'è stato bisogno, la mia offerta è stata declinata, sospetto perché troppo misera. Ma credo che, confrontato sul territorio delle emozioni, anche lui abbia sciolto il suo nodo di tensione e abbia compreso.

Non è stato facile mettere nelle valigie che mi ero portata più di quattrocento statuine di gatti di tutte le dimensioni e materiali.

Bagagli pesanti, almeno metaforicamente, come dovevano essere quelli dei miei antenati quando sbaraccavano per scappare, per partire alla volta di un nuovo paese.

Tutto è stato pesante.

L'ascensore del palazzo che non funzionava e che mi ha costretto a camallare il mio bottino di felini in ceramica su e giù per le scale dal quarto piano. Pesante trasferirli nel mio appartamento, nell'unico luogo in grado di accoglierli, la stanza al piano di sopra (altre scale) dove ho potuto sistemarli con cautela in un grande scaffale, posizionando una foto della nonna al centro. Quando ho finito, l'impatto era impressionante. Pareva un mausoleo funebre e mi sembrava di percepire nell'aria anche un odore sgradevole di decomposizione.

Più volte nei giorni successivi ho avuto l'impulso di salire con un martello e fare a pezzi la raccolta. Mi sembrava una presenza forzata e lugubre, che aveva invaso il mio presente, anziché un omaggio affettivo a Elena. Il mio atteggiamento è cambiato via via che, vinto il blocco creativo, ho continuato a scrivere la storia. Poi ho preso il Covid e sono stata confinata da Enrico e Greta, spaventati dal possibile contagio e, come si fa in genere in questi casi, proprio nella stanza al secondo piano, che ha un bagno e un divano letto ed è quindi autonoma dal resto della casa. Così alla fine i gatti sono diventati i miei infermieri, una presenza amica, accudente, mi hanno fatto compagnia durante tutta la convalescenza finché sono guarita.

Ma ho dovuto convenire che erano comunque troppi per me.

Allora ho comprato una bella scatola con una fantasia colorata e ve ne ho riposti un centinaio, così adesso quando si entra nella camera non si ha più la sensazione di trovarsi davanti a un muro del pianto mortuario, compatto e respingente.

Ho eliminato il valore simbolico e sono tornati a essere oggetti.

Accessori normali del quotidiano.

VI

SULLA RIVA DEL FIUME

Ora mi sento in pace e mi fa piacere ogni tanto salire a guardare la collezione. Immaginare chi avrà regalato il gatto con il cuore o quello seduto sulla panchina, il gatto portapenne, quello di legno proveniente dal Brasile o quello giapponese con gli occhietti a mandorla. Faccio il giro del mondo e lo faccio fare anche all'anima della nonna. In fondo penso che quella sua volontà che le ceneri fossero sparse nelle acque gelide della Mosella e portate via dalla corrente rispecchiasse la sua natura errabonda, che non si prestava a venire rinchiusa in una bara. Elena non aveva conosciuto il morso dell'esilio come i suoi genitori o la sorella emigrata in Cile da adulta. Era tuttavia una viaggiatrice morale, in pectore, come lo sono io. Credo che nei miei geni non alberghi tanto la nostalgia della patria perduta dei Dresner, quanto la curiosità e la leggerezza della scoperta di luoghi e persone, la simpatia per gli altri che mi ha trasmesso la nonna, un valore in cui mi riconosco.

Penso che sia giusto che la stanza della memoria, il luogo fisico in cui è custodita, sia al piano di sopra, non appartenga al resto della casa. Questo distacco è fondamentale nel rapporto con il passato e con le relazioni che si chiudono. Faranno sempre parte della nostra vita, ma stanno altrove. Devono essere qualcosa di separato, che non ha più un rapporto con noi oggi. Ogni tanto ci si può tornare con il pensiero, come si visita un museo o un vecchio teatro abbandonato, rievocando le scene gloriose o divertenti o tristi di uno spettacolo; ma non influiscono su quello che avviene di sotto, le relazioni familiari e umane del presente. È solo così che si riesce a fare spazio ad altro e a non irrigidire la vita.

Spargere le ceneri è una frase solenne, importante eppure misera, insufficiente.

Come avverrà davvero questa chiusura?

A volte ho pensato di completare il genogramma, il grafico dove adesso sono appuntate nero su bianco tutte le nascite e le morti dei parenti, gli incidenti, le date cruciali, gli episodi più rilevanti, e poi andare sulla tomba della nonna e bruciarlo, permettendo agli spettri di uscire dalla loro prigione, in un coro greco di ombre tragiche che squittiscono tra le fiamme, librandosi dritte verso il cielo. Oppure di portarci una romantica pianta di lillà. Ma questi gesti così teatrali, gonfiati e allegorici, avrebbero davvero un valore autentico, profondo?

Non è il compito della scrittura in generale stanare i fantasmi, ricostruire i corpi e poi spargere le ceneri? Non è il destino di tutti i personaggi di carta volare oltre l'autore, atterrare su qualcuno che se ne prenda cura ed entrare sotto la sua pelle?

Trovatelli in attesa di adozione, a volte vanno in affidamento temporaneo, a volte non vengono scelti in partenza, altre ancora trovano un genitore sensibile e comprensivo.

Forse l'unico atto sensato è quello di consegnare la nonna alle onde della lettura, in modo che siano proprio dei perfetti estranei a diventarne i familiari, a scegliere cosa di questa storia sia utile per loro e cosa no. In fondo è per questo motivo che si scrive, per quella bellissima sensazione di far parte per un paio d'ore della vita degli altri.

Tutto chiaro, lucido, lampante.

E allora perché mi dispero, perché non riesco a separarmi e scrivere la parola fine, ad andare oltre?

Cos'è questo struggimento che mi torce le budella mentre ascolto per l'ennesima volta la voce roca di Jacques Brel che canta *Ne me quitte pas*?

Passato, non mi lasciare.

Accade che il libro di un altro autore dia un calcio in avanti a quello che si sta scrivendo. È quanto mi è successo con *Patrimonio* – di nuovo Philip Roth –, che ritengo il capolavoro dell'autore, molto più di altre sue opere celebri e osannate. In questo romanzo breve, che oggi si chiamerebbe con termine odioso autofiction, lo scrittore affronta la morte del padre malato di tumore al cervello e fa un sogno alla vigilia della sua seconda risonanza magnetica. C'è una nave da guerra dismessa, senza nessuno a bordo, che procede incerta verso la costa. Sulla banchina di Newark la osserva e la attende un piccolo Roth, orfano abbandonato a terra. La vista della maestosa imbarcazione ormai prossima al naufragio o allo sfascio è un simbolo denso, riassuntivo di tanti temi, come avviene nei sogni, e mostra le conseguenze di un disastro storico e familiare. È un'immagine straziante, che mi è rimasta impressa a lungo, mentre cercavo di scrivere di Elena, e che ha sorprendenti somiglianze con il mio sentire. Quella nave vuota e senza direzione, più che averli a bordo, *rappresenta* tutti i parenti della mia vita.

C'è la generazione dei Dresner, gli ebrei russi, falciati da cosacchi e nazisti, migrati e costretti all'oblio delle proprie radici.

C'è Fejbus il vecchio, che non poté mai possedere una casa di mattoni, che si consola con la sua *wyzniowka*, e Fejbus il giovane, che scelse di morire combattendo.

C'è mia madre, con le sue contraddizioni irrisolte, le ferite e i segreti paralizzanti, gli errori dovuti in parte ai graffi della Storia.

C'è la nonna, con il suo yiddish improbabile, pronunciato alla francese, che difficilmente ascolterò ancora in una ninna nanna.

Io sono quell'orfano spaventato sulla banchina, lasciato a sperare nell'attesa inutile di un ritorno.

Sono la figlia abbandonata, espulsa dalla memoria, estromessa nel momento stesso in cui è nata.

Piango le occasioni perdute, i mancati riconoscimenti di chi non ha saputo o potuto vedermi.

Piango l'affetto che non ho ricevuto, che continuo con ostinazione a cercare nei rapporti, nelle amicizie e che è sempre troppo poco, troppo breve, insufficiente alla mia fame.

Piango la semplicità meravigliosa della vita *come potrebbe essere*, spesso inarrivabile, inaccessibile.

Piango per il buon padre della fantasia, quello che non c'è stato, e quello della realtà, violento, che ho conosciuto.

Mi hanno entrambi reso quella che sono, hanno contribuito alla mia identità ricucita.

Siamo fatti di ricordi, di incontri, di ombre. Anche di sogni.

Può darsi.

Sono sulla riva della Mosella con l'urna funebre tra le mani e non riesco a concepire che ci sia una corrente che fluisce a cui affidarla.

Ho paura.

Che mi succederà *dopo*, quando tutto il passato sarà stato elaborato, i nodi sciolti, il guazzabuglio dipanato?

Non ci sarà più nessuno accanto a me sulla sponda, ci sarò solo io.

Con questa consapevolezza nel cuore, rovescio le ceneri.

Le citazioni in esergo alle pagine 105 e 195 sono tratte dalle edizioni Einaudi dei rispettivi volumi.

Ringraziamenti

Sono molte le persone che vorrei ringraziare per aver letto in anteprima, commentato, sostenuto questo libro, offrendo preziosi consigli.

In particolar modo il mio grazie va a Francesca Malvezzi e Giampietro Morreale dell'Archivio storico di Unicredit, che mi hanno fornito con generosità e competenza materiale utile alla ricostruzione della carriera di Giulio.

Un grazie anche al CDEC, la Fondazione Centro di Documentazione Ebraica Contemporanea, e alla sua biblioteca ricca di testi e riviste, fondamentali per comprendere il contesto, il pensiero, le paure e le speranze del periodo che ho trattato.

Infine, sono grata alla casa editrice Il Melangolo, e alla bella traduzione di Rosa Alessandra Cimmino di *Nella città del massacro* di Chaim Nachman Bialik, di cui ho riportato alcuni versi.

Indice

LAURA FORTI
UNA CASA IN FIAMME

Manuela ha quarantacinque anni e una vita come tante, alle prese con il lavoro, il marito, i figli, i suoceri. Sua la voce narrante di questo intenso romanzo, una voce che colpisce da subito perché chiara, energica, sfaccettata, ironica. Manuela all'inizio di questa storia deve fare i conti con una diagnosi di malattia, la prima scintilla di un incendio devastatore che travolge tutto: il matrimonio va in crisi, la figlia adolescente si allontana in una sua personale ricerca di identità, il figlio più piccolo sembra prigioniero delle sue difficoltà scolastiche, e dal passato riemerge il dolore per la perdita di un bambino mai nato. Sullo sfondo, i fantasmi provenienti dal complicato retaggio familiare: quella di Manuela è una famiglia «diversa», ma nella sua diversità simile a tante del nostro tempo. Una famiglia di ebrei italiani che rilegge strutture antiche alla luce della propria fragilità, alle prese con la malattia ma anche con la crescita, che rivela nella sua peculiarità meccanismi universali di una sfida molto contemporanea. Solo accettando le ambivalenze, imparando ad aprirsi alla gioia e al dolore nella loro intensità, riuscirà a dire che la vita forse non è sempre facile ma che è il nostro cammino: e soprattutto che è unica e insostituibile. Che è preziosa, nonostante tutto.

GUANDA

FSC
www.fsc.org
MISTO
Carta
da fonti gestite in
maniera responsabile
FSC® C005461

Fotocomposizione:
Nuovo Gruppo Grafico S.n.c. – Milano

Finito di stampare
nel mese di aprile 2024
per conto della Ugo Guanda S.r.l.
da Rotolito S.p.A. – Seggiano di Pioltello (MI)
Printed in Italy